群鳥

BIRDS

吉本芭娜娜

劉子倩——譯

YOSHIMOTO BANANA

異常骯髒的腳底
或許是受傷了　有點疼痛
何者是我的血　已分不清

於大山的山頂　寶貴的生命
相互依偎　緊擁溫熱的　溫度

於大山的山麓　有死者國度
仰望我們　送來光團

旅行袋內　有三天的換洗衣物與她的照片
此刻　她或許在哪哭泣　抑或　正在歡笑

把新的亡骸　推落峽谷
群鳥立刻啄食　搬運　至高空
每日的風景　一貫延續
非習慣不可
倖存的　我們

——青葉市子〈倖存者●我們〉

秋光穿過林蔭大道的小片樹林照耀路面。

從大學路到車站前熱鬧的大街，有成排的美國松。

鎮長堅持種植這種樹，甚至不惜自掏腰包的故事很有名，雖然兩旁都是這種並不高大的樹，但綠意盎然的林蔭大道成了本地象徵。

濃綠的葉片和深褐色樹幹非常搭調。

此地氣溫有點偏低，夏季最高氣溫也不高，在日本算是比較乾燥，即便是這種松樹也能勉強生長。

曾在亞利桑那州住過的我知道，這種松樹的果實可以榨取珍貴油脂。那種幾乎令人氣絕的芳香與黏稠的質感，我也都記得。

聖多娜當地各種商店皆有販售那種松脂做成的乳霜。無論是受傷或保養肌膚，或是護理泡過水及曝曬紫外線的手與唇，我們都喜歡塗上那個，實際上也非常有效，是帶有松香的乳霜。

我很想把這個故事向人傾訴，包括那令人懷念的芳香。

而且，對象只能是嵯峨。我在想。我渴望於木柴劈里啪啦冒火星的熾熱暖爐前，像以前一樣聊上許久。

聊當時發生的種種事件中，唯一值得慶幸的就是還有我倆在這世上相依為命。

還有，我也想對本地居民說，這條林蔭大道其實是一座寶山喔。

要是我能用在這裡採集的松子榨出油脂，製成乳霜，與嵯峨一起沿街兜售，光靠那個掙錢維生該有多好。

我這麼想著。

天空如此澄淨的秋日，會覺得松樹的芳香與透明的日光或許真的能讓那個夢想實現。

我們的親人把鮮血全數奉獻給這種樹木生長的大地。所以我們對這種樹的感情格外不同。那個魔法迄今仍不可思議地溫暖籠罩我與嵯峨。

能夠住在有這條美麗林蔭大道的小鎮，我們都很滿意。

穿過清涼空氣籠罩的林蔭隧道，肺中的空氣變得有點冰涼。啜飲熱紅茶，再多幻想一些吧，幻想那樣的情景。那是賜給我力量讓我今日也能活下去的幻想。

大家都說我想太多很難相處，其實沒那回事。我衷心希望大家都能這樣一點一滴為靈魂充電，好好活下去。

至於是什麼信念推動我，我隨時都可以詳細說明。

我幻想中的嵯峨，不像真正的嵯峨那麼難搞。

不會像真正的嵯峨那樣火氣上來就踹破牆壁，也不會因為大吵一架就整個月都板著臉。不會吃點油膩的東西立刻拉肚子，襪子也不會臭，不會長鬍子。

換句話說，真正的嵯峨總是出乎意料地生氣蓬勃，每次見面都讓我大吃一驚。

我腦海中的嵯峨基本上一直保持幼時光溜溜的模樣。

等於是我弟弟的嵯峨。笑容可愛，是全世界最惹人愛憐的男孩。小時候我說等將來長大也要生一個嵯峨，逗得大人哈哈大笑。

然而，不可思議的是，那個真正難搞的嵯峨內在，包含幻想中的嵯峨最濃郁的精華。當我窺視他的雙眸時，總是可以發現小時候無論任何事都徹底傲氣的那個他。

「欸，那個人又跟來了。」

美紗子拽著我的袖子說。

在這所女子大學，我與美紗子都選修了身為作家、在社會上也頗有名氣、有點波希米亞風的末長教授開設的「美國文學與詩歌」這門課。

我喜歡上那堂課，也結識了幾個志同道合算是朋友的人物。

每年由修課學生公開表演教授寫的劇本已成了校慶活動的招牌節目，去年和今年，我連續兩次擔綱主演。

對此我毫不羞愧。

我多多少少知道，自己的確有一點表演天分。因為我能夠感知角色進入我的內在，把我的人格推到一旁的瞬間。

我在聖多娜時，曾在熟人於教會表演的話劇當過幾次主角。如今想來光是使用英語就要冒冷汗，但當時我還是小孩，所以初生之犢不畏虎，完全不當一回事地理直氣壯表演。也曾被譽為天才童星引以自傲。我不是那種連塌鼻子都好看的大美人，但是外型還算高䠷，身材不錯，舞台導演經常說我很上相。

如果把人大略區分，我認為自己大概屬於凱特．摩絲或凡妮莎．巴哈迪那一型，每次嵯峨聽我那樣說就會捧腹大笑，而且迄今我也沒見過強尼．戴普，雖然不甘心，也不得不承認那大概只是「自稱」。

只不過擔任兩次主角，在這女子大學就足夠遭人忌恨，但好像也有了一些粉絲。我收過仰慕信與點心，大學以外的人也會偷偷跑來看我練習。

末長教授問我要不要去他朋友名下，同樣由他撰寫劇本的某個東京小劇團的舞台表演一次。他說朋友看了我去年的舞台表演後，聲稱有個角色希望由我演出。

這樣的我，如果單就外表看來，肯定只是一個善用天分對未來懷抱希望的普通女大學生吧，這讓我感到很不可思議，也很開心。

因為站上舞台，讓撇下生活大小事情只知擔心嵯峨的我，讓回到日本卻始終無法適應幾乎成了繭居族的我，至少變得稍微外向。

想到昔日住在亞利桑那州聖多娜的經歷促成了末長教授與我的緣分，對於那乾燥的空氣、透明澄淨的藍天，宛如烤得漂亮的巧克力蛋糕般連綿起伏的山脈，也不得不燃起熊熊的感激。

那天下午，我與美紗子去參加校慶演出事前籌備會議。

之後影印劇本，再按照人數一一裝訂，我們就一起離開了。這次的劇本是以末長教授編訂出版的詩集為底本，故事性並不強。

幾乎成了只有我與美紗子登場的朗誦劇。

其他的表演者寥寥無幾。

這門課的成員中也有美術系的人跨系來修，由於其他登場人物不多，他們幾乎專注在舞台美術設計上，每天在校舍後面製作非常精緻的舞台布景。去看他們工作也是我最近每天的樂趣之一。

「放心，不是跟蹤。那個人好像自認是在保護我。」

我說。

「真子妳這種個性，我真搞不懂。妳總是這樣讓男人悄悄地、卻又露骨地跟著，居然還能坦然自若。如果關係真有那麼親密，他大可直接叫住妳。並肩同行也可以吧。像我就會態度很平常地打招呼說話。我覺得妳真的很溫柔，能夠那樣放任內向的他一直跟著妳。一般女孩子早就受不了他那種個性了。」

美紗子說。

「而且那個人，真的是妳男朋友？只是單純的兒時玩伴吧？我聽別人這樣說過。」

下課後走在林蔭大道，只要我和別人在一起，嵯峨就不會喊我。

他說和新認識的人講話太麻煩。所以，他會跟在我身後不遠處直到我落單。

那種時候，我實在無法為了嵯峨撇下在我身旁的人。偶爾與點頭之交的男生或長輩同行，不看嵯峨的時間比較久，我就會萬分心痛。

痛得幾乎窒息，但我就是無法撇下旁人。

沒有人教過我會有那種心情，況且如果只專注在嵯峨一個人身上好像會讓可能性完全封閉，讓我有種絕望的心情。

嵯峨應該是做完工作才來，所以我想盡快慰勞他。但是，我只能一邊辨認他走在遠處的身影，一邊繼續向前走。

「真子，妳不只是外表看起來像天使，妳肯定是真正的天使吧。妳擁有漂亮的自然捲髮，就像少女漫畫的主角。那個人一定非常崇拜妳。雖然他總是表情緊繃，不知為何我就是知道他不是那種跟蹤狂。只是，和那種存在感如此強烈的人打交道好像有點困難。因為他的外表非常特別。雖然他也挺帥的，但他散發出來的氣質太明顯了。」

美紗子說。

她窺視著我的臉色，盡量用不傷人的字眼，慎選能夠應對各種狀況的說法。美紗子這種細膩的心思，正是近日我們逐漸親近後我最喜歡她的地方。

一旦與誰親近，就會漸漸產生迷霧般的感覺。那種迷霧似乎會有點束縛我的思想與行動。所以我對人際交往相當慎重。

「我才不是什麼天使。這種自然捲早上起床會亂得像雞窩，我甚至經常必須把頭髮弄濕來上課。別提有多丟臉了。

況且，嵯峨就像是我的手足。不過，幸好我們沒有血緣關係，老實說，我打算將來和他結婚。現在，我悄悄期盼能懷有他的孩子，這樣他應該會同意奉子成婚。最近我最關心的就是那個。我就是這麼愛他。」

我說。

才剛進入十月，空氣就冷得好像會下雪，天空潮濕陰霾。好幾層濃淡不一的灰色以漸層方式如窗簾覆蓋天空。

「妳的意思是妳和他有婚約？」

美紗子問。我還在看天空。

「改天再慢慢告訴妳。不只是這麼簡單。我以前提過，我們兩人，是在很複雜的環境度過童年時光，有段時間彼此都只有對方，所以我們的關係切也切不斷。雖然說來可悲，想必彼此都是以恨不得能夠遺忘的往事為基礎在一起。所以，回到日本後我無法再與嵯峨好好相處，嵯峨也只能那樣以古怪的氣氛守護我。」

我說。

話語混雜葉子的氣味倏然消融空氣中。

敘述得越多，一切就好像變得越真實越確定，讓我很害怕。

美紗子想了一下之後看著我。

她那溫柔的眼神，足以抹去我的恐懼。就像母親的眼神，不知為何也像歪著脖子的天鵝。

可以感受到她並非出於八卦的好奇心，我忽然很想衷心向她微笑，於是這麼做了。

微笑如漣漪擴大，美紗子的唇邊也感染溫柔的微笑。

就在美國松林蔭大道的中央。

這樣的瞬間，我確實感到有神在看著。神看著，將那幸福的浪潮映在心間。

「好像沒有我以為的那種輕浮感，我總算安心了。妳瞧，我要從那邊拐彎搭公車，剛剛我還在猶豫是否留下妳一個人。等我一走，那個人八成會馬上過來搭訕妳，我本來還擔心那樣會出問題。幸好我直接問妳。如果妳現在不想和他單獨說話，那我就護送妳回家。」

美紗子說。

「有兩個護花使者陪伴，我真的像天使或公主一樣呢。謝謝。和嵯峨講話是每日例行功課，而且非常安全，所以妳放心。現在我們也幾乎等於半同居。改天我再告訴妳。」

我說。

「嗯，不過不用勉強非要說。等哪天妳喝醉了，真的想說時再說吧。我們才大三，還有很多時間可以這樣在一起。」

美紗子說。

美紗子的鼻頭被陽光明媚照亮。筆直的黑髮上也有光點跳躍舞動。

「不過，我可以問個問題嗎？那個人到底幾歲？看起來那麼瘦小……他比妳小很多？」

美紗子說。

「小兩歲，他看起來很瘦小吧？據說是因為他尚在襁褓時母親的營養狀態欠佳。所以自從我們住在一起後，我媽特地替他準備營養充足的飯菜。

我們從那麼久以前就在一起。說出來其實沒什麼好聽的。因為他開始長鬍子啦，腿毛變黑啦，這些我通通看到了。他也經常替半夜肚子痛的我去超商買衛生棉。

要把瘦小的他養大，我也費了不少苦心呢。還做布丁給他吃。普通的布丁營養不夠，所以我是烤麵包布丁。澆上很多我用楓糖漿與龍舌蘭糖漿製成的糖漿。還有，最可惡的是，偏偏那孩子如果澆了太多糖漿想讓他補充營養，他會立刻嫌棄太甜。」

我說。

「啊，你們真的像手足，或者該說，像家人？妳簡直像他媽媽一樣。」

美紗子似乎打從心底安心地說。

那我走囉。她說著揮揮手與我分道揚鑣。翩然遠去的裙襬映襯樹下的泥土色宛如一幅畫。

我鬆了一口氣，也感到落寞。

扮演溫暖的日本純真大學生的日常結束了，接著要開始生猛的性的時間。就算沒有性行為，但接下來在這世上只有身為男與女的我倆，是沉重甜蜜又心酸的時間。

在這段時間中我只能滿腦子想著嵯峨。只要嵯峨還靠我的視線維生一天，我就盼望能繼續看著嵯峨。如此這般，無處可去只屬於我倆的時間又要開始了。沒有錢，沒有時間，也沒有未來的夢想，只有過去的重擔堆積如山。所以無論如何都會感到狹仄。

我想肯定有一天，我們會去更開闊的場所。嵯峨不知怎地就是有那種力量，足以大刀闊斧開拓天地。

現在暫時還沒辦法，只能兩人一起背負那個重擔。

「早安。」

當我駐足，嵯峨過來說。

他的手插在口袋，纖細的身體看起來只有十六歲。

我的身高絕對不算高，但他還比我矮了五公分，他抬起眼睛，眼中的犀利，以各種年代的模樣烙印在我心間。

「已經傍晚了喔。」

我微笑，把他的手從口袋拉出，用雙手包覆。

從小我就習慣這麼做。他的手永遠冷冰冰。

我總是懷著祈禱的心情替他暖手。

我願獻上全部力量，請讓這孩子活下去——就是這樣的心情。

小時候一直是這樣。直到我不知不覺力氣用盡，陷入沉睡。把太多力氣給了嵯峨，小時候本來圓滾滾、肉嘟嘟的我不知不覺瘦下來，而嵯峨的確變得有活力了。

借助他人的力量才能活下去的情形不是沒發生過，所以嵯峨必須感謝真子喔，我們的媽媽們總是這麼說。

想起那個，眼前便會浮現兩個女人隨時隨地都在動手忙碌，相視歡笑的笑臉。

嵯峨的媽媽與我媽，感情真的很好。

今天也是以散落的松葉和它堆成的蓬鬆墊子，及大量松毬掉落的地面為背景，和他媽媽神似的嵯峨悄然佇立著。

我喜歡總是姿勢挺拔的嵯峨。彷彿獨自扛起沉重的命運，彷彿守衛著地球的和平，站姿非常認真。
那樣的他和大自然特別搭調。待在都市的他看起來好像有點寒酸。可是一旦去了有樹有土的地方，他身上就蘊藏獨特的自信。現在的我彷彿被那樣的他守護。我們的立場在這十幾年來已徹底顛倒。以前是我事事護著他，如今卻變成我沒有嵯峨就活不下去。

「我剛起床。整晚像瘋子一樣烤了很多麵包直到天亮。」
嵯峨說。
「其實本該在清晨和白天烘焙，但我請求他們讓我換到大夜班，廠長就同意了。現在終於可以按照自己的生活步調過日子，太好了。」
「是啊。我們總是喜歡熬夜。」
我說。
「我們」這個字眼會不會帶有支配的味道？我很介意。
嵯峨反握包覆他那隻手的我的手，說道：

「寒假一起去亞利桑那州吧？」

「你是說去聖多娜？」

我問。

「我覺得也差不多該重返故地了。好像很多舊事馬上就要完結。我想徹底做個了斷。」

嵯峨說。

「你認為日本的墓地已經被徹底滌淨了嗎？大家在天堂過得安詳嗎？據說我們每次這樣追思故人，天堂的人們就會變得色彩更鮮明，不知是真的嗎？這樣經常提起他們為他們祈禱，想必他們已經鮮明得和活人一樣。高松先生、你媽媽，還有我媽都是。遺憾的是，唯有我爸爸只在照片上見過，不大能想出他的樣子。讓我覺得有點抱歉。」

我說。

「嗯，絕對不會錯。雖然那墳墓很冷清，在這世上只有我倆會去祭拜，但去得越多次，氛圍就越清淨，真的變成很好的墳墓。」

嵯峨說。

「上次也是這麼說又去祭拜，結果感覺不是好像有點濁氣？我是說墳墓。去掃墓的我們事後也很不舒坦，還為了一點小事吵架。」

我說。

「沒錯，短期之內不能隨便去得太頻繁。不過，我想現在應該不要緊了。」

嵯峨說。

「那，好久沒去了，不如星期天去掃墓？然後我們再考慮。」

我說。

「妳其實只是害怕去亞利桑那州吧？」

嵯峨說。是那種毫不客氣，有點疏離的語氣。

他的語氣令我不安。

「嗯，我還是有點害怕去那邊。老實說，我怕。」

我說。

「尤其害怕去那個峽谷。因為我會想起夢中的屍體。」

從自己口中冒出屍體這個字眼的血腥令我不由得屏息。

「我也是，就算要重遊舊地，我覺得那裡不去也無所謂，只不過，到了這個年紀，總覺得我們已經長大了，不如回去看看吧。不管是以什麼形式，一切都可以改寫。」

嵯峨說。

「不知會發生什麼變化。或許這次我們真的會一起生活。」

「我無法想像與嵯峨以外的人在一起。這是真心話喔。不過，現在就算住在一起，肯定還是會亂糟糟。不只是經濟的問題，也因為我覺得我們依然還是小孩子。」

我牢牢盯著他的眼睛說。

那怕只是一丁點，也堅決不讓他發現我渴望從這些往事徹底逃離的心情。

若是去祖先的墳前祭拜還能單純地只有感謝。問題是我們常去的，是我的父母，以及嵯峨的媽媽，還有嵯峨媽媽的戀人高松先生四人骨灰放在一起的墳墓，我不了解從我記事前便過世的爸爸，但其他三人的聲音至今仍縈繞耳邊異樣鮮明。

然而，嵯峨肯定對我的內心想法瞭如指掌。明知如此，我凝視他的雙眼。凝視匯集我們所有過往歷史的那對美麗的靈魂之窗。

「不行，如果不管妳，妳肯定會整天只知啃書本像個清心寡慾的小尼姑，再不然就是變成不走紅的女演員和有錢的溫吞男人結婚，企圖把人生一切推翻重來。妳八成一直在內心深處想著要是真能那樣該有多好吧？我知道，妳內心隱約覺得如果能夠過著另一種人生不知該有多輕鬆，況且我倆在一起太久了，所以妳覺得就算跟我結婚也不會有任何未來，只是條死路。」

嵯峨說。

「但事情並非妳想的那樣。還是有微渺的希望之路。就是為了不讓它變成沒有出口的死路、令人窒息的場所，我們才要活下去。我們並不是走回頭路。也不會解散。同樣的我倆，正在踏踏實實把心思轉向嶄新的場所。」

只要一有機會，我和他一直在滌淨我們過世家人的靈魂，做這樁任何人的肉眼都看不見的差事。

如果什麼都不做只是活著，會遭到天譴——就是用這麼認真的態度。

「我們將要去樂園。名符其實的樂園。那就是我們的人生。」

嵯峨說。

他的側臉在夕陽照耀下勾勒出清晰輪廓實在太美了，我看得出神，然後為他的言詞之美潸然落淚。淚水停在鼻尖，落下透明的水滴。

「如果要結婚，可以拜託末長教授夫婦當見證人嗎？」

我帶著悶悶的鼻音說。

「搞什麼，妳幹嘛又提那男人的名字。」

嵯峨嗆我。

「登記結婚本來就需要見證人。我們沒有別人可以委託，根本不認識其他值得信賴的大人。你經常惹出問題，和宿舍的管理人員關係也不好。所以不能挑三揀四了。我可不希望將來生下的小孩變成私生子，小孩絕對要冠上你的姓氏。不過首先，和你這種講話那麼幼稚的人就不可能同居或結婚吧。」

我說著笑了。

「等我想通了再說吧。況且我這邊也有很多人可以當結婚見證人。比方說廠長，或者麵包師傅。」

嵯峨說。

「啊，對喔。拜託那對夫婦也行。搞什麼，原來根本沒問題嘛。對於懷孕還覺得船到橋頭自然直總會有辦法，可是談到登記結婚我總是很不安。明明上頭沒有婆婆也沒有公公。」

我笑了。

這是我們之間一再重複的對話。

雖然多少有點問題，但人只要如此下定決心，我想應該不可能不實現。

除非中途我們的某一方死去，或者某一方的心死去。

然而，即便看起來確鑿不移的事物也會輕易在轉眼之間消失，這種情形我們已看過太多。

我吞回那句話，與嵯峨一起邁步前行。

和嵯峨同行時看到的世界總是澄澈明淨特別美麗。

哪怕街上的人覺得嵯峨獨特的氛圍很詭異，哪怕他身上唯一一套乾淨的衣服看起來寒酸，對我來說都無所謂。但我並不認為唯有赤裸的嵯峨才是嵯峨。我甚至覺得就算沒有肉體，嵯峨依然是嵯峨。對我而言，天空草木麵包葡萄酒土地皆是嵯峨。我的目光所及之處似乎都有嵯峨的影子。

即便如此，當我待在學校，比方說在大講堂上課時，偶爾想起嵯峨，還是會有點難為情。

和周遭大學生光鮮亮麗又考究的隨身物品及服裝相比，嵯峨就像上一個時代的窮苦孩童。

「天氣有點冷欸。明明還沒有入冬。可以的話真想現在就去喝杯熱紅茶。」

我說。

「好啊，那就去『香堤』？」

嵯峨說。

「今天我有錢。」

「香堤」是這個鄉下小鎮唯一的紅茶專賣店。

自從我們散步時發現，就非常喜歡這家店。

最喜歡的就是它的古老。

茂密的常春藤爬滿店面外牆，椅子的皮革已經破裂沒有換新，被香菸的菸油燻黃的白色牆面，飽經風霜的白色水壺，以及窗口透入的昏暗光線，在在皆令我們這種與現代格格不入的老派人感到安心。

這家店由一對熱愛紅茶的老夫妻經營，一壺茶有好幾杯的容量，五百圓便可喝到大吉嶺、伯爵茶，或印度奶茶。如果肚子餓了，也可以用四百五十圓吃到肉桂吐司或乳酪吐司。

我總是和嵯峨在那裡約會。

後來嵯峨不上夜班時，通常不回宿舍直接來我獨居的公寓過夜。嵯峨外宿的態度太坦然，一直是宿舍管理員的眼中釘。但最近只要先提交外宿申請單似乎就不再有問題。他說想必是因為上面已經知道他與我的多年情誼，他也到了幾乎可稱為大人的年齡，管得比較寬鬆了吧。

我沒去過他的宿舍。

在一起這麼多年，這是我第一次不知道他的房間長什麼樣子。

不過，對他而言那肯定是最棒的自由吧，雖然氣惱，但我不免這麼猜想。他擁有只屬於他的房間似乎很開心。

我沒有求他搬來一起住，就是因為那種不甘心，而且我怕兩人很可能真的會走到死胡同。

當我們在一起時，兩人都會變回小孩。

然後記憶會吞沒我倆，被死者們的鬼魂包圍，再也無法兩人廝守。我有這樣的預感。預感一再被抹去，卻依舊洶湧襲來，因此現在，我們調整為一點一滴地減少相處時間。

況且，嵯峨有生以來第一次享受到不用被年紀比自己大的女人指使的自由，他說結婚之前還是住在男生宿舍比較輕鬆。

他說，雖然沒什麼朋友，但是有很多同事，大家都因某種形式沒有父母在身旁，所以不用顧忌太多。他說，同樣都是做烤麵包的工作，我不好意思說只有我和女人住，所以暫時還是住男生宿舍就好，這樣也不花錢可以多存點錢，反正我也習慣和大家在一起。

每次聽到嵯峨這麼說，彷彿他已離我遠去，讓我備感落寞。

他口中的「大家」是什麼意思嘛，我暗想。

以前不管去哪裡他明明都只會緊跟著我。

「但願窗口有空位。那我們就可以叫一壺紅茶，坐上很久。茶壺罩著保溫套，即使過再久紅茶都還是熱的。」

我說。

「嗯。」

嵯峨終於稍露微笑。

之前，他八成對於透過演戲和美紗子急速親近的我有點憤怒吧。

那是微微挑起嘴角，看起來有點痛楚的微笑，對我而言卻如雲破天開光線射來，異常明亮。

熱紅茶的想像與那張笑臉重疊時，我覺得自己今天也得到足以存活一日的糧食。我的靈魂就是靠著那個維生。

身體要吃東西攝取養分，靈魂也需要靈魂的食物。

這個想法是昔日從媽媽他們的老師高松先生那裡學來的，我認為頗有道理。

如果靈魂什麼也不吃或者吃了不好的食物，最後身體這個推動人類的兩輪之一就會垮掉。

靈魂一旦遭到汙染（這當然只是我的想像），人體附近的另一個透明體就會開始變髒。那要過一段時間才會轉印到實際的肉體上，所以大家都不明白生病的真正原因。但我偶爾可以看見那個。那個因果關係太露骨，甚至明晰得可怕。我認為唯有靈魂構成的身體與真正的身體出現大量落差時才會生病。

嵯峨通常都處於無比潔淨的狀態。那是因為他的言行與靈魂渴求的幾乎完全一致，這樣的人並不多見。

從未與嵯峨這樣分開生活的我，自從嵯峨住進男生宿舍建立自己的世界，而我開始獨居公寓後，變得很寂寞，有一陣子什麼都吃不下。

身體無法接受食物，光是喝點湯、吃塊餅乾都會反胃嘔吐。只有撒了鹽的番茄勉強可以吞嚥。

結果我的眼睛與舌頭開始越發追求美味的番茄。

於是我豁出去，從網路訂購高知縣昂貴的水果番茄，每日只吃那個。反正其他的東西都吃不下，所以貴一點也無所謂。

不知不覺我的肌膚與尿液都充滿番茄味，就在我開始擔心時，忽然靈機一動，只用那種番茄與鹽巴煮成番茄湯，身體果然勉強可以接受，攝取溫熱的食物後終於漸漸恢復健康。

因為太高興，我甚至讓嵯峨陪我專程去高知縣向番茄道謝。農園的人大吃一驚。他們說，從來沒有人親自來對我們的番茄道謝喔，謝函倒是收到很多。水果番茄緊靠著枝椏生得小巧玲瓏。我說聲謝謝，親吻了一下番茄。我覺得，番茄也以喜悅回應我。

初次造訪的高知，天空碧藍如洗，就在那一刻我明白，是大地擁有的樂天氣質透過番茄帶給我力量。

農園的大叔送給我們一箱水果番茄當作伴手禮，於是我和嵯峨撒上帶有薰衣草香味的食鹽，在飯店享用。

雖是食物卻像氣體，風味就是那麼棒。

我認為食物越近似氣體就會越美味，但熱愛麵包的嵯峨對我這種想法嗤之以鼻。他說，塗上奶油之後也沒啥氣體可言了吧。但是不對，即便同樣塗了奶油的麵包，還是有像氣體一樣的麵包。不是因為用的是全麥麵粉或是白麵包之類的理由。嵯峨質疑：像氣體一樣，不就表示對身體有益嗎？才不是，我搖頭。可我始終無法貼切說明。

番茄致謝之旅回來後，不知不覺我愛上了獨居生活。

起初我哭哭啼啼怨恨丟下我一個人的嵯峨，但我終於衷心領悟，實際上不只是嵯峨，原來我也需要獨處的時間。

只要是嵯峨說出口的話，拜他那有耐心的想法所賜，最後多半會有美好的結果。

當他毫不遲疑陪我去高知縣時，得知他並沒有拋開我的罪惡感，我很高興。我想，就把他與我目前分居的事情往好的方面想吧，我確信在我們結婚生子之前他都會在我身旁默默守候。

後來嵯峨果真天天來見我，況且在這裡的生活是何等簡單！會這樣感嘆、覺得幸福的時候慢慢增加了。

雖然媽媽他們最後選擇了死，但他們希望我與嵯峨活下去。

唯有這點，在最後的最後，支撐我免於陷入絕望深淵。

我們終生都會悼念那樣的母親們，在這命運安排的場所活下去。

我媽與嵯峨的媽媽，都對高松史郎這個來自巴西的神祕主義者的思想衷心傾倒。

他是日本人移民巴西的第三代。從年輕時就在聖保羅郊外經營農園和日本料理店，三十幾歲時將一切轉讓他人獨自出門旅行，為了學習國內外種種周遊世界各地，之後回到日本。

身為獨生子的高松先生，母親年事已高而且病倒了，所以他回國替母親送終。在他母親過世前的短暫期間，他待在老家突然熱衷寫書。寫他長年旅居巴西及世界各國，身體力行的生活方式及思考方式。

嵯峨的媽媽因旅途中的一夜情有了嵯峨成為單親媽媽，她採用高松先生在書中寫的想法與療法後讓胰臟癌得到緩解。從此很崇拜高松先生，多次去拜訪他。兩人之後開始戀愛，遂帶著嵯峨這個拖油瓶在高松先生東京的老家一起生活。

另一方面，我媽雖是美人，但神經非常纖細，是個嬌生慣養長大，什麼也不會的大小姐。

她和我爸爸這個專門出版奇特精神世界叢書的出版社編輯交往遭到反對，憤而離家出走後，完全得不到富裕的娘家金援，生下來的我又是個女兒，和聲稱若有繼承人便可接納的外公外婆唯一的聯繫也斷絕了。她被視為只是半調子嬉皮的翹家不肖女，就此遭到娘家斷絕關係。

爸爸車禍身亡後，有段時間媽媽獨自撫養我。

由於她不通世故，精神上飽受折磨，經濟方面也走投無路，最後只好帶著我投奔高松先生家。爸爸生前與高松先生熟識，因此媽媽常去找高松先生商談各種問題。

嵯峨的媽媽比較年長，和我媽宛如姊妹淘，所以集體同居這種大膽行為也自然變得理所當然吧。

而且，兩個女人並未像周遭惡意議論的那樣雙雙納入高松先生的後宮，高松先生的情人始終只有嵯峨的媽媽一人。

對爸爸毫無印象的我非常喜歡高松先生。甚至覺得乾脆讓我媽和他交往都無所謂。那時我還很幼稚，只覺得這樣大家就能成為真正的一家人。我記得當我這麼一說，大人們都笑了。

高松先生的皮膚黝黑，靠種田鍛鍊出結實的體格，眼睛總是黑得發亮，是個很斯文安靜的人。他尊敬嵯峨的媽媽，把我媽當作女兒看待，也把我和嵯峨當成孫兒疼愛。

高松先生雖是領導者，慾望卻很淡薄，除了酷愛甜食這個可愛的小缺點之外，別的什麼都不貪。

他熱愛時而安靜執筆，時而種田的素樸生活，即便我們母女再怎麼傻呼呼的對人毫無戒心，他也從來不會對我們投以異樣眼光。

只是，三個大人混合了認真與純粹與貧窮的生活模式，的確一天比一天狹隘、極端。

嵯峨覺得母親被搶走，小時候似乎對高松先生沒什麼好印象，但我不然。

高松先生擁有一種乾淨的溫柔與熱情，足以讓人放鬆心情。

一如他照顧的所有植物，我和我媽也對他徹底敞開心房。我們三人熱中思考如何在狹小的空間培育大量植物。

後來高松先生得知友人從亞利桑那州帶來的松子可以做成簡易版乳霜，自己也動手嘗試，從此他開始聲稱想定居北美。關係變得更加熱切緊密的他們，有了一個共同的夢想。於是高松先生賣掉老家的房子與土地，替我爸爸與他們自己建造一塊共同墓地後，大家就一起遷居美國亞利桑那州的聖多娜。至於簽證該怎麼辦，我們的護照是否在有效期限之內，這些瑣碎的問題我一概不清楚。偶爾會有其中一個大人脫離日常生活，宣稱回日本一趟，或許是利用廉價機票來去兩地就這麼設法混過去。如今他們皆已不在人世，相關文件也幾乎都被清理掉，那方面至今是謎團。

聖多娜有高松先生的遠親經營的小型民宿，我們得以免費住在民宿廚房後面的小屋。

交換條件是我媽與嵯峨的媽媽必須去民宿附設的日本餐廳幫忙。除了房客之外，那家餐廳也對一般民眾開放，常有人開車遠道前來光顧，菜色也很美味，生意相當興隆。

高松先生一直瞞著我們自信已經控制住病情的胃癌，突然急速惡化至末期即將離世時，嵯峨媽媽的癌症也再次復發轉移到骨頭，就算治療也已回天乏術。

嵯峨媽媽決定和高松先生一起離開人世。在一直反對她這樣做的高松先生死亡當天，果真主動了斷生命。

過了一陣子後，被二人留下的我媽也自殺了。

他們生前經常極為認真地討論，咸信只要有堅強意志，死後應可去生與死之間的世界。那裡有永恆的生命與一切俱足自由自在的場所，他們熱切期盼能夠在那個世界永駐。

如今想來，那大概是受到卡羅斯・卡斯塔尼達[1]及古代墨西哥思想的影響吧。

嵯峨媽媽死前因為病痛折磨，意志已變得相當薄弱，曾經冷不防說，自己馬上要死了實在不忍心留下嵯峨一人，況且到了另一個世界也想和大家團聚，所以不如把嵯峨也一起帶去那個世界算了。

我聽了之後哭個不停，死命抗拒與嵯峨分離。

我媽當時雖同樣心力交瘁，因那二人的猝然病重陷入沮喪，但她見我這樣還是堅決反對讓小孩一起自殺。

我因此得到力量，勇敢地說：

「嵯峨年紀還小，你們或許都快死了，可是嵯峨還小。他還可以活很久。我會一輩子負起責任把嵯峨當成弟弟養大，所以拜託讓他活下去。」

然後我拽著嵯峨的手，拿起水壺與玉米脆片，帶他回我的房間，把門鎖上，一直緊緊擁抱嵯峨。

像嬰兒一樣溫熱柔軟又幼小的嵯峨沒有哭，只是定睛望著我。不知是被我宛如母親的強大意志給震懾了，還是對母親將死感到絕望，所以已經完全麻木？

嵯峨媽媽已經無法動手術，也不願做化療，她說要去熟人開設的安寧病房，反正高松先生早晚都要死，她聲稱要配合他的時間一起走。我媽聽了之後也哭著贊成。

我心想，開什麼玩笑，這些人都有毛病。

對此更覺得荒謬無稽的，是高松先生。

如果任她那樣做，他會對自己的死產生罪惡感。自己的戀人當然有權利拒絕治療主動尋死，但是可以的話，還是希望她堅持活到最後一刻。高松先生想必身體狀況也很糟糕，卻完全沒有表露，只是如此明確說道。

每次想到那段日子的種種，我總是被自己的冷漠嚇到。

我在心裡畫下一線之隔，拒絕他們的悲傷滲入。因為緊閉心房，所以當時的事情我只是機械性地記憶。發生了種種場面，如此而已。我表現出這樣漠然的態度。

既然這麼痛苦，既然無法忍受唯一依賴的人過世，那你們一起去死算了，但我

---

1 卡羅斯・卡斯塔尼達（Carlos Castaneda，1925-1998），秘魯裔美國人類學家，以巫師唐望的系列著作而知名。

與嵯峨還想活下去，別把我們混為一談。我冷漠地這麼想。那是我竭盡所能的賭氣也是抵抗。

當時的我，是多麼愚昧又可憐啊。

幼小的我，使出渾身解數只想保護嵯峨。

在我內心一隅始終深信大人們不管怎樣都不可能丟下我去尋死，毋寧會永遠活著，當時本就很脆弱的媽媽見我這樣不知有多麼憐憫。

之後發生的事，宣告了歡樂假期的結束，簡直是一連串惡夢。

高松先生過世當天，嵯峨媽媽在病房上吊，因為人就在醫院，當然立刻接受了種種急救措施，但她還是死了。

只留下一封遺書給嵯峨，是毫不拖泥帶水的短信。

嵯峨有段時間完全麻木，只是呆呆地緊跟著我生活。

我認為自己必須扮演嵯峨的母親，因此我也抹殺感情，默默守在他身旁。每當想起嵯峨媽媽，幾乎心神恍惚。更何況是我們心目中地位極重要的高松先生，失去他後索然無味的生活，年幼的我們完全無法填補。我們只能接受事實默默忍受，因為知道再沒有別人像他一樣，所以別無他法。

那不是擁抱或安慰就能輕易傳達的傷痛。無論過世的人們走得多麼安詳，對於留下的人而言那只是痛苦凝重的歲月。豈止是一句寂寞可形容。漆黑的亞利桑那夜晚，滿天繁星下，身體彷彿被狠狠撕裂。

之後有段時期，我媽獨自拚命撫養我倆，但是人際關係與工作的辛勞令她日漸疲乏，問題是就算回日本也無處可去，她在苦無對策下罹患嚴重的憂鬱症。

那時我倆也差不多即將進入青春期。我媽雖然生病了，還是拚命掙錢留給我們，以便我們能夠回日本，然後就用她從熟人家裡偷來的手槍自殺了。

由於我們還是孩子，就算苦苦哀求也無人肯讓我們看到自殺現場。

我只看到死去的媽媽那雙腳。腳還是媽媽平日的腳。沒有傷痕，也沒有顏色慘白，就是她平時睡覺時的腳。

腳趾很長，一如往常沒穿鞋襪，像仙女一樣外形姣好。

躺臥的媽媽雙腿筆直伸長併攏，在我所知的種種美麗事物中，那一幕本來絕對凌駕於其他之上。

我思忖自殺是多麼討厭的字眼。無藥可救。

一下子目睹太多死亡的我與嵯峨，如果可以，真希望就這樣永遠留在美國。可我們沒有家，未成年，立場也很弱小，不可能永遠借宿熟人家麻煩別人照顧，也沒有合法的居留證，戶籍還在日本。後來日本的親戚接到通知，不甘不願地來接我們，我們只好跟著親戚回到日本。

靠著大人們留下的錢和雙方親戚的捐款，嵯峨進了附設他現在住的宿舍及工作的麵包工作坊與店面的慈善機構，我進了從幼稚園至大學一律全體住宿的女校，然後升上現在的附屬大學。

當時來接我們的親戚住在略有段距離的東京，但我們再沒見過。

雖然我說若是擔心錢的問題可以借用獎學金設法解決，還是一起上學念書吧。嵯峨卻只想盡快工作，還說他想活動身體，想趕快長大，中學畢業立刻透過慈善機構安排，真的開始工作。起初他送過報紙、做過機器零件，也在裝訂印刷品的工廠打過工。之後機構與麵包店的合作計畫開始後，他就如魚得水地一路受訓、實習，成長為專業的麵包師傅。

活動身體的確讓他鍛鍊出成年人的體格。他一天比一天變得強大、可靠。有時我感到他已成為我難以企及的存在。幼時體弱多病的他，如今身體雖不到壯碩魁梧的地步，至少看起來健康多了，也有了耐力。大概是因為小時候吃的是健康食物，打下良好的基礎吧。

他開始做麵包後，唯有手臂的肌肉特別發達顯得很不協調。那種不平衡感在我看來也很可愛，但那益發突顯他「搞不清楚在做什麼維生」的怪異氛圍。

他的身材瘦小、臉孔俊美，不時會流露以前的習慣有點彎腰駝背，唯有手臂特別粗壯，這樣的他好像就是會給人一種捉摸不透之感。

那天嵯峨不能來我這裡過夜，我獨自回到住處。

我不喜歡套房式公寓大樓的閉塞感，所以刻意選擇和嵯峨的男生宿舍一樣破舊的雙層公寓。這樣可以省錢，日照和通風也不賴。雖因縫隙太多導致冷暖氣絲毫不管用，但是太冷的話，多穿幾件衣服或者早點睡覺就沒事了；太熱的話，就多洗幾次澡。

不過為了防盜，我還是選擇住在二樓。

我在陽台闢出小小的香草園，種了迷迭香、薄荷、細香蔥、羅勒、山椒和紫蘇，有時還有番茄、茄子、苦瓜、小黃瓜、馬鈴薯、南瓜等等，總之能種的我都種了。秋冬兩季，室內放滿搬進來避寒的植物，沒有任何家具。這是個門窗偷工減料、只要風一吹玻璃就喀噠喀噠搖晃的房間。

玄關的鞋櫃上，放著高松先生與嵯峨媽媽、我媽、我，還有嵯峨的合照。

那是我們並肩站在聖多娜的梅薩機場紅岩上的合照。

岩石被美麗的陽光照耀，大家都露出作夢般的笑容。

我對大家說聲我回來了，低聲祈求大家平安抵達他們期盼的另一個世界，如今能夠置身在花海般美麗的地方。

雖然對爸爸沒什麼印象，我也同樣為他祈禱。爸爸與媽媽的合照就放在旁邊。兩人穿著簡單的白衣服，是當初私奔後的結婚照片。

我供上清水，焚香，回想了一下大家共度的日子。

回想快樂的夏斯塔和舊金山，還有聖多娜的時光。

假日我們會把當成員工餐帶回來的鮪魚醃漬後做成手捲壽司。每天打掃庭院。去餐廳幫忙洗盤子。

清晨的夏斯塔山頂無比美麗的皚皚白雪。清澈的湖面倒映山影，蕩漾透明的甜美色澤。倒影比真正的樹木與山脈更美麗，充滿難以企及的神聖氛圍。

在聖多娜安頓下來之前，暫居夏斯塔出租屋時，某日我們去哈特湖登山健行，我曾經聽見一個陌生老爺爺的聲音。

「是誰闖入我的地方！」

聲音聽來很憤怒。

我四下張望也不見人影，而且其他人好像都沒聽見，於是膽戰心驚地在心中默默說：

「我們是從日本來的。對不起，只是出來散步。」

在天空蔚藍、乾燥的綠草低矮覆蓋地面，還有刺柏糾結叢生的空間中，氣氛倏然一緩，巍峨的岩山回答：

「這樣啊這樣啊，那你們可以進來，慢慢逛沒關係。」

啊，我猜想，肯定是昔日住在這裡的老爺爺靈魂與岩山結為一體還留在這裡吧。

那寬闊的心胸與聲音的慈愛，彷彿無條件地徹底包容我的一切，歡迎我的到來，令我深受感動，自然而然地流淚。彷彿歷史上各種爺爺及父親最慈祥、最廣闊的那些精華都濃縮在這裡。那種慈祥甚至讓我覺得過去從來沒有任何人這樣對待我。

嵯峨在前面蹦蹦跳跳，忽然察覺我的樣子不對勁，

「咦？妳怎麼忽然面帶溫柔，是誰對妳溫柔相待嗎？」

他問。嵯峨從小就直覺靈敏。

「嗯，我發現自己被這個場所接納了。看來應該會愛上這裡。」

我說。

「那妳要記得道謝喔。」

嵯峨說。

謝謝，我發出聲音說，為何人類不能像這岩山一樣，偏偏心胸如此狹小呢？幼小的心靈不禁深深感嘆。

只要傳達出所有的訊息，就會有相對的回應產生，這就是自然世界。至少當時我是這麼認為。

但就在那時候，亞利桑那州發生孩童擅闖他人庭院遭到成年人擊斃的事件。那個對比顯現出人心可以變得多麼狹隘可怕，深深烙印在我幼小的心靈。

迄今我這種想法依然沒變。

面對漸漸垮掉的母親，與保守狹隘得驚人的部分美國人接觸，之後又看到如果沒錢就不把你當人看待的日本人，以及他們看待孤兒的八卦眼神，還有親戚對於毫不可愛又貧窮的我倆避之唯恐不及的態度，這些反而讓我漸漸堅強。

每次回到自己的房間，我總是先燒水泡茶，但剛才喝了太多紅茶，肚子還很脹，低頭一看肚子，肚臍的地方還鼓鼓的好像真的裝滿液體，於是作罷。

我只是合攏窗簾重重跌坐在地板上。

今天也努力了一天，終於可以獨處了。

望著窗口的茉莉葉片，不知怎地淚水泉湧而出，於是我哭了一會。

我經常發生這種情形。眼淚醞釀久了，便會鬱積心頭。

一如性欲，想哭的欲望也會累積。

以往見過的可悲的事物、幸福的場景，還有今天嵯峨的站姿等等影像不斷累積，無處排遣的思緒幾乎沛然溢出。那讓我察覺自己難以在社會生存，無法過著與他人對等的人生，而且是因為軟弱才會這樣察覺。

嵯峨想必早就察覺這點，才那樣跟著我、超乎必要地站得筆直吧。這麼一想，我更想哭了。

這種時候媽媽和嵯峨媽媽，還有高松先生如果還活著不知該多好，我想。雖然不記得爸爸了，但我也想念爸爸。在我周遭的這些大人，在我看來都是活在這世上太過善良，所以才會死掉的好人。

真希望大家還能像以前一樣，將稍微油炸過的羽衣甘藍葉堆滿籃子撒上鹽巴，一邊談笑一邊狼吞虎嚥。

那是高松先生最愛吃的東西，如果在市場看到不錯的羽衣甘藍，嵯峨媽媽總是會買回來炸得酥脆。我想再次體會那種快樂氛圍，以及被大人守護的廣闊空間。

那是我們的家人。雖然有點扭曲，但我們的確曾在一起，度過快樂時光。

現在我倆無處可去。我們無法適應這個被稱為家鄉的地方，雖想回到聖多娜，卻暫時還回不去。不，或許我想回到的不是現在的聖多娜，只是想回到當日時光。但我盡量提醒自己絕對不能多想這件事。

因為事實上肯定人人都無處可去。

不過，有人可以完全浸淫自己的內在世界。有人看起來好像特別受到歲月眷顧看起來格外優雅。無論花多少時間，我都想成為那樣的人。

「大家都知道真子有演戲的天分，也知道妳會當主角，但我得到的角色僅次於妳，所以被欺負得很慘。害我壓力好大。」

在學校食堂一起吃飯時，美紗子對我說道。

乾淨的塑膠餐具，盛裝美觀的飯菜。每次看到這些我都覺得自己很幸運。學校的食堂簡直太美好。每天都能低價吃到這樣豐盛的菜色。

「被欺負？被誰？」

我問。

「水野學姊他們，他們還散播我的流言。」

美紗子說。她的眼睛下方有點黑眼圈。

「美紗子妳和我不同，認識的人多，社交活動也多，所以自然會和那種人扯上關係吧。水野學姊他們雖然大四，八成今年還想上台表演。這次美紗子罕見地主動表態爭取角色，也獲得大家認可，很自然地通過，而且今年這齣戲的登場人物少得極端……也難怪他們會眼紅。

這種人其實到哪都有。美國也很多。我媽就是受不了那種壓力自殺的。」

我爽快地說。

美紗子聽了瞪大雙眼。

「抱歉。我發的牢騷太幼稚了。」

她說。

「用不著道歉啦。呃，我只是想說有時候的確會發生一些討厭的事情讓人很想死。」

我說。

「啊，但妳可別因為這樣就自殺喔。如果產生那種念頭，隨時可以來我家找我。半夜也沒關係。」

「我才不會自殺咧，區區一點流言罷了。眼紅的人都是看真子妳當主角，和末長教授的關係好，是末長教授的繆思女神，心裡不爽。不過，不管發生什麼事妳都穩如泰山，所以我肯定是這個問題唯一可以攻擊的漏洞。」

美紗子說。

大窗撒下大量陽光。條條並排的長桌前坐了許多人，大家各懷心思吃飯。

我很喜歡學校食堂這棟氛圍宛如修道院的老建築。當初校舍重建時也被保存下來，是昔日知名建築家的傑作。雖然地板龜裂，窗框也生鏽了，但是很美。據說校方都是利用暑假期間一點一滴不斷修補，總算讓它保持原狀。

「反正我完全不在乎被孤立。反而超喜歡獨來獨往。況且，這世上，真的會存心找碴吵架的人其實不多……」

我說。

「所以，好像很難在這社會生存。」

「我沒有真子妳這麼堅強。但我喜歡在舞台上朗誦詩歌。我會加油。雖然對女演員這個身分沒啥憧憬，但我從以前就真的很喜歡朗讀，甚至經常跟著朗讀的志工團體到處去慈善機構表演。我認為這次的朗讀劇很適合我才毛遂自薦，這點我並不後悔。」

爽朗的美紗子說著笑了。

我也回以笑顏。我們之間有那齣戲劇，每次這樣相對微笑，彼此的感情就更深厚一分。

自從回到日本，不知被人說我堅強說了多少次。

不過，想來倒也是理所當然。畢竟我的確經歷了許多同齡者沒經歷過的事。有時我會夢想：長得越大，別人的經歷肯定也會隨之增加，等到他們經歷的程度與我一致，屆時我應該就能交到更多不用說話也能心意相通的朋友吧？

實際上，我的確認識可以這樣相對微笑的人，而且越來越頻繁，雖然今後日子還很長，但我至少有點期待。

「嗯，現在只想舞台表演就好了。我們明年就大四。今年是最後一次能夠全心投入校慶演出活動了。」

我說。

「我喜歡看真子上台表演。這是真子妳第二次演出末長教授的劇本，每次我都覺得超精彩。我會很誠實地想：現在僅此一刻，剎那時光啊請你別溜走，舞台啊請你別落幕，我還想觀賞這個人的實力演出。

所以，如果可以的話請妳今後也繼續表演吧。會走到大眾面前的人，當然也會招來他人許多負面情感，但我認為這種人都能夠對毀謗淡然處之。這大概就是所謂的天分吧。」

「到底能不能做到，我想盡力試試看。不過，我知道社會沒這麼好混，不是光靠我這種半調子心態就能混的。」

我說。

「說不定做久了就不再是半調子心態。真子妳擁有打動人心的嗓音與外型。」

美紗子說。

常保樂觀的美紗子說的話讓我心情一振。

社會和人生都沒那麼好混。

如果稍微好混一點，這時候我媽他們應該都還活著，住在聖多娜或長野縣，抑或北海道……總之在某個地方和平又低調地種田吧。而我可能已和嵯峨早早結婚，有了五個小孩，我們會經常回去看長輩們，或是就住在他們附近。雖然沒有任何建設性的事也沒有令人耳目一新的創舉更沒有功成名就，但是想必會在理所當然的生活中理所當然地感受幸福與不幸。那是平凡得驚人、普通又理所當然的未來藍圖。偶爾我會心曠神怡地想，如果真的是那樣該多好。如果現在就能搭乘電車或飛機回「老家」該有多好。如果他們都還在那裡，雖然老了但依然健在，熱情地歡迎我與嵯峨與寶寶的到來，那該有多好。

做不到那些，我不想歸咎於生病、軟弱，或金錢的問題……。但我也不認為人生發生的種種只是像暴風雨突然來襲，令人毫無招架之力。

只不過，許多事情撞在一起會令事態演變到意外的方向，不可能連細節都完全如自己所願，而且大抵上任何事都不容易，如此而已。

所以，我只是小小許願。

如果是以業餘的形式，那我想盡可能在舞台上表演。我想借用舞台人物的嗓音與外型，在他人與自我之間的有限空間擺脫束縛展翅翱翔。但願那輕鬆的姿態中有些許真實感，但願能夠貼切地映現我走過的人生路，對他人有所幫助。

那是現在的我少數確定的事情之一。

「其實我認為妳的祈禱每次都比我更有效。妳自己或許不明白，但尤其是妳的聲音，就是有那種力量。這大概就叫做天賦吧。當然我並非妄自菲薄。我現在也有專心投入的事業，雖然力量微薄，但我還是會持續祈禱。」

嵯峨說。

「我媽每次都說，我以前身體很差，是靠著妳的力量才能活下來。我想那一定是真的。妳那種力量如果給了我以外的人，或者對外人展現，我當然會嫉妒，但是壓抑展翅高飛的鳥是不對的，本質上也做不到。當大家發現妳聲音的力量和妳賦予的力量時，當大家都渴求妳時，現在的我，還沒把握自己是否能夠坦然面對。」

從天橋遠眺遼闊的墓地，就像高樓大廈林立的街頭充斥大大小小各種方塊剪影。

「那是你偏愛我。只不過是被你放大過度美化我，其實根本沒那回事。像我這種程度的天賦，很多人都有。滿街都是。而且經歷比我更厲害的人也多得很。無論是競爭激烈的世界，或是人們彼此之間的傾軋關係，我都不大能夠參與，所以也無法給很多人什麼東西。我盡力而為，全力以赴，但和別人的全力以赴相比，我想我還太稚嫩。

況且我也有我想守護的生活……我只想和嵯峨今後一起走下去。那就是我誠實無偽的心情。我壓根不想要四處奔波無法與你見面的那種生活。你是男人所以可能不了解嬰兒，但我真的從很小的時候就想要很多孩子。如果經濟上不允許，至少也要生一個。我希望不再只有我們兩人，能夠再次變成一個大家庭。那就是我最大的心願。

而且，像你那樣去當地祈禱肯定更有意義。你會利用放假時間重遊你媽小時候生長的地方，做她以前最拿手的麵包，重讀高松先生寫的書，替你媽一點一滴完成她生前想做卻做不到的事。那就是最好的供品，很了不起。

而我只有在家忽然想到或者回想時才會半吊子地稍微悼念一下大家。我會想：好想大家喔，但願他們現在很幸福。希望大家不再為腦內的物質和經濟問題苦惱，正在盡情歡笑。如果我爸爸和嵯峨的爸爸也在場那就更好了。

他們三人的關係很特別，所以至少我希望三人能夠開懷大笑。我會那樣試著想像。有些日子就像毛玻璃後面的朦朧景物，也有些日子覺得宛如刺眼的光芒。無論哪一種，同樣都會想起大家。總之我盡量回想大家的笑臉。」

我說。

「最近我覺得，那種不必刻意用力的感覺或許最重要。是我太拚命了。我以為拚命祈禱比較好。甚至用力到頭痛的程度，用力到太陽穴發麻。但那樣做反而只會讓自己麻木無感。還是該輕盈點，像飛鳥一樣，乘風而去的祈禱方式更好。妳倒是一直很自然。所以才說得出那種話。那甚至不是謙虛，就只是順其自然。」

嵯峨說。

老舊泛黃的白T恤，穿了不知幾百年的牛仔褲，鞋底都快磨破的PUMA球鞋，破舊的雙肩背包。一看就知道他絕對沒去美髮沙龍，鐵定是在家庭理髮店剪的，後頸的髮腳剃得異樣整齊笨拙。唯有瀏海很長，垂在眼前看了心煩。

不是因為他的個子矮小，也不是因為太瘦。

嵯峨的外表太難看，令我悲傷。

因為那讓我覺得嵯峨根本不珍惜自己。

「為什麼不穿我送給你的襯衫？」

我問。

「顏色太鮮豔了。穿了不自在。」

嵯峨彆扭地說。

「可是紅色明明最適合你。」

我說。

我想起小時候嵯峨天天穿的紅色T恤。上面畫了番茄醬的瓶子，和嵯峨圓滾滾的眼睛特別相稱。他肯定不記得那件T恤了。因為那時他太幼小。

現在嵯峨的自然捲已不再那麼顯眼，但小時候的他耳朵後面的頭髮非常捲曲，垂在那件T恤的領口。和閉上眼總能隨時想起的那件T恤的紅色相似的紅色襯衫，是我上次送給嵯峨的生日禮物。

「那我下次穿。不過，穿紅色去掃墓有點不太好吧。」

嵯峨說。

嗯，我說。輕挽嵯峨手臂的那隻手很想用力。

天橋上的風很強，彷彿會被風吹跑。遠處整片墓碑海洋幾乎令人失神。好像會就此消失無蹤，忍不住想確認彼此的存在。我用力踮起腳尖，好想把臉埋進嵯峨的懷中直至無法呼吸。

但我沒那樣做，默默走進墓地。

或許唯有我的心情痛切地傳達給他。只見嵯峨一臉悲傷。通常當我流露不穩定的情緒，嵯峨總會面帶悲傷。為什麼會被他察覺呢？我感到呼吸困難。

我想說，區區痛苦與煎熬算什麼，讓我感受一下自己的自由吧。

我想說，如果你也陪我一起心情沉重，我的自由會減少喔。

在我家歷代祖先沉睡的墳墓旁，很久以前就已備妥高松先生與嵯峨媽媽，以及我爸媽的墓地。想必四人在思想上有相當強烈的牽絆。

兩家花店之中，我在我媽生前慣常去買花與線香的那一家買了同樣的花束與線香。借了水桶和刷子，還有掃帚、畚箕，向店裡的人打招呼。

只不過是世代交替，程序絲毫不變。

我以前不懂為何寺院入口的兩旁要有兩家商品完全一樣的店。算是競爭對手嗎？總覺得搶生意較勁的味道太露骨。但偏偏就是這樣。從以前就是。而且我媽總是習慣在左手邊那家購買。重複同樣行為的自己簡直像媽媽的鬼魂。

嵯峨呵呵笑著說：

「那家的生意比較興隆呢。不知關鍵在哪裡？」

「為什麼呢？如果沒有在那家也買過一次就無法明白吧。」

我說。

墓地內沒有高聳的建築，因此很通風。

走在錯綜複雜的墓地小路，我和嵯峨一起站在大家的墳前。

小小的正方形墓碑上刻著：

高松史郎　光野有子　佐川和夫　佐川仁惠　長眠於此　擁抱不變的友情

連長相都沒印象的爸爸，遺骨率先葬在此地，是我們離開日本時他們建造的墳墓。爸爸生前和嵯峨媽媽的關係是否親密如今當然無從得知，但以這種名目一起相伴長眠真的不要緊嗎？想到這裡，我不禁微笑。

但願爸爸也正在天國微笑。

名字這種東西好像具有某種決定性的力量。

光是那個記號，就能讓他們最精華的個人特質嚴肅且生動地重現心頭。那讓我不得不心酸地意識到，對我們而言，高松先生或嵯峨媽媽，或我媽媽這些本來只是一個親暱稱謂的存在，原來也曾是一個人。

不知他們當初是以什麼心情建造墳墓？是什麼時候決定要埋葬在此地？我又想起每次恍惚湧上心頭的疑問。嵯峨正拿刷子起勁刷洗隔壁的佐川家之墓，也就是我家祖先的墓碑。看到他那粗壯的手臂及熱心刷洗別人墓碑的模樣，我更加喜歡嵯峨了。居然會這麼喜歡一個人！能夠在千萬人中邂逅此人的喜悅與將來會失去他的悲傷幾乎令我瘋狂。

喜歡上他之後已過了很久呢，這個奇蹟令我感慨不已。

世界只有我倆，這個奇蹟總是太貼近身邊幾乎讓腦袋發狂。

有時我更希望我倆是因為在學校座位相鄰之類的，在那樣的相遇下毫不造作地粗暴墜入情網。

「高松先生，還有嵯峨媽媽，只看過照片的爸爸，以及媽媽，還有我的爺爺，奶奶，列祖列宗。但願你們在天堂永遠幸福，置身在永遠有芳香花朵圍繞的場所。在那裡無論任何心願都能立刻實現，沒有痛楚，大家都能沉浸在彷彿正要享用美食的那種幸福感。」

我發出聲音說。

聲音雖不大，但我一字一句說得清楚，以便他們能夠聽見。

只要按照說出的話去想像，他們歡笑的臉孔就會真的浮現眼前，說來還真不可思議。我的嘴角也微微挑起。

比起歡笑的時間，他們哭泣受病痛折磨的時間明明更多。

「妳瞧，妳的祈禱果然讓空氣變得如此清新。」

嵯峨用那種看到無形之物時特有的感覺，瞇起眼環視四周，一邊神色溫柔地說。他說從小就能看到人與場所的無形能量。我相信他的說法。因為嵯峨聲稱能看見的東西全是讓人感到的確如此的東西。

「那是因為嵯峨的心地善良。」

我說。

嵯峨經常在半夜突然發作。他會哭著痛苦掙扎，看起來似乎快窒息了。那種時候他只能默默忍受。

我會像以前一樣撫摸他的背或握住他的手，卻也只能靜待內心的暴風雨過去。我認為發生那樣的遭遇後他會出現這種情形是理所當然。只能忍耐。就跟我鬱積眼淚一樣。

即便如此辛苦，還是活著比較好嗎？

偶爾我哭著這麼問，嵯峨會肯定地說，是的。他一邊用指甲撓頭，一邊說，是的，絕對要活著。如果倖存的我們消失了，他們不就什麼都沒有留在這世上了嗎？我們光是為了這個也有活著的價值。

儘管我聽了彷彿踩到最後底線心裡很難受，卻也無限地鬆了一口氣。

就像泡溫泉全身放鬆時，某種東西鬆弛，湧現微笑。
雖然如此痛苦，但還是活著呢。我每次都不禁感嘆，脫口這麼說。
嗯，活著。不管怎樣，撇開道理不談，純粹只是身體還想活下去，所以光是為此也要活著。
嵯峨說。
他從來不會說「我想為妳而活」，讓我很惆悵。
明明應該是如此相愛。

我認為自己只是表現創傷的方式與嵯峨不同，迄今，我還是會做可怕的噩夢。做夢後，會全身僵硬久久無法正常生活。
害怕去聖多娜，就是因為那個緣故。
高松先生，嵯峨媽媽，還有我媽，三人分別死在不同的地點，死因也稍有不同。並非大家一起殉情自殺。

然而在我的夢中，大家總是死在同一處。

你見過這樣老是做同一個夢的人嗎？我很好奇，很久以前，第三次做那個噩夢時，我哭著醒來後如此問嵯峨。

嵯峨回答：

「想必，那在肉眼看不見的世界是真的吧。那個峽谷以某種理由讓三人結合，受到吸引，把他們拉進去。這世間就是有那種場所。所以妳才會反覆夢見，而且那個夢想必具有某種重大意義。我有這種直覺。」

「難不成是那個峽谷在呼喚我？它依然抓著我們不放手，暗示著將來有一天我們也去那裡死掉。它叫我們把靈魂留下！」

我嚇得哭訴。

嵯峨默默擁抱我。

「或許也有那個可能。世界太大，有各種場所。不可能都是迎合人類需要的場所。」

他沒有安慰我。有時我真希望他偶爾也能說一聲「沒有那回事」，但他心裡完全沒有那種想法。

「為什麼會有那種場所？即便只在心中有那種場所是否也一樣？或者，是人心把本來沒什麼的場所漸漸變成那種可怕的場所？」

我問。

「只要有一家餐廳，不就也會有廁所、冰箱、垃圾場、乾淨的桌子、潮濕的後門口這些東西嗎？大家不會在店內抽菸，卻會在後門口骯髒的台階抽菸。就和那種情形一樣，具有同樣要素的東西互相吸引，最後凝結成一團。在那裡發生巨大的情感與事件，空氣流動，於是變得越來越強。漫長的歷史中這種情形一再重演，所以就算出現理所當然吸取人命的谷底也不足為奇。」

嵯峨說。

「我認為同樣是吸菸，有些地方就感覺特別好，比方說在樓頂。雖然我戒了，但如果要抽菸，我會想去比較舒服的地方抽。」

我說。

「愛乾淨、愛漂亮，而且往往想得太極端是妳女性化的優點，或許也是弱點。倒不如抱持兼容並蓄的心態，承認兩邊的極端都無限深邃，自己恐怕毫無招架之力，這樣我反而更能夠活下去。」

嵯峨說。閃閃發光的眼睛很美。就像漆黑宇宙中的璀璨星光。

在那個夢中，我總是變成像鳥一樣的精靈。

我在心情安詳平和的場所，懸空漂浮在被稱為卡其納岩的險峻岩山一帶。

而且一直感到難以言喻的氛圍。

我可以去任何地方，自由自在，最重要的是心情澄明安穩。閉上眼彷彿可以舒舒服服融入天空與光線之中。

遠方隱約傳來悠揚的印地安笛音。強大的音色不停重複短調的旋律，高亢的演奏撼動情感。

眼前可以看見美麗的紅岩山脈綿延起伏。在陽光照射下，陰影猶如美麗的圖畫。風吹過，帶來形似小鈴鐺的串串白花甜蜜的香氣。還有松樹與杉樹難以形容的芳香。

這時一群不可思議的人走來。

一看到他們，我的心情如墜地獄頓時一片漆黑。正因為是在夢中，所以感情的動向才會如此極端。那些人穿的服裝看起來應該是要去登山健行，不知為何卻與周遭氛圍格格不入。

他們看起來正散發不祥的氣氛，朝著不好的方向前進。

我盤算著是否該阻止那些人別讓他們繼續往前走。

我在想，拜託請別離開這塊卡其納岩，請別走進峽谷深處。

就算努力試圖傳達這個想法，但我漂浮在空中發不出聲音。

那個約有十人的小團體，繼續邁步前進。他們排成一列，看起來神色凝重。我當下直覺，啊，那些人，他們是要去尋死。

下一瞬間，我的心如遭凍結。

因為那其中，也有高松先生、嵯峨媽媽，和我媽。

他們沒有露出我熟悉的那種帶有鮮活人味兒的表情。他們已經什麼也不看，什麼也不聽，表情平板。一如我媽自殺前夕的神色，是缺乏感情動向的臉孔。啊，已經無法挽回，他們已經一腳踏入另一個世界了，我暗想。

但是現在，或許還來得及。

就算想吶喊、想哭泣，想擁抱挽留他們，我也只能如幽魂在他們周遭飄來飄去不停打轉，淹沒在他們走過紅土時掀起的塵土之間。

我拚命發出無聲的吶喊幾乎喊破喉嚨，就在我精疲力竭時，場景倏然一變。

我飛來飛去四處尋找他們，在峽谷上空不停盤旋，最後抵達峽谷最深處。不穩定的空氣瀰漫，天空也有點陰霾。雨滴零零落落染黑地面，谷底緩緩升起潮濕的空氣。

我飛近地面試圖撥開茂密的杉樹林，頓時發現一切已太遲。

那裡有許多人交疊倒臥地上。彷彿突然產生毒氣，所有人一下子全死光了。

有人嘴巴流血，有人把胸前抓得流血，那顯然是已經僵硬的、真正的屍體。當然其中有高松先生，也有嵯峨媽媽和我媽。

他們三人，以及其他的陌生人，都已經無藥可救地徹底死亡。毫無生命跡象。無法挽救了。

這時我突然變成活人。

我跑過去搖晃他們，擁抱他們，大聲哭叫。

可恨的峽谷岩石如峭壁聳立，天空也變得黑暗狹小，吸收了我的聲音。高聳的岩石如窗簾，層層皺褶形成陰影幾乎把我壓垮。彷彿要把我關在這裡，讓我再也出不去，充滿壓迫感且絕望地強勢朝我逼近。

我望著遠方明亮的天空只盼能脫離這裡。請讓我再次化為小鳥，否則我無法逃離這裡，我該怎麼辦？我向媽媽求救，然而她已死去。我甚至無法把她的遺體從這裡帶走嗎？我潸然淚下。

每次做這個夢，不管是什麼季節我都會滿身大汗地醒來。

一直想吶喊的喉嚨疼痛如火燒，奪眶而出的淚水沾濕雙頰。

身體緊縮，手像死人一樣僵硬，手指扭曲。

這種心情，是怎麼回事？遠比目睹真正的死亡時更可怕。

我不解，那是從我內在的何處湧出？究竟要重現多少次？

「妳的心靈其實很美好。妳該感到驕傲。」

嵯峨說。

「無論我如何用心祈禱，都不可能像妳這樣滌淨空氣。」

「沒那回事。」

我說。

「在我看來，嵯峨走過的路，無論是哪一種路都被仔細清理乾淨，而且整頓得溫暖平坦。甚至覺得只要在那裡就有勇氣開始任何事。

人看不見自己正在做的事。所以，才需要有這樣溫柔的、用正面眼光看待自己的他人。但，就算沒有人看，嵯峨還是會照樣去做吧？那樣的嵯峨比我更美好。」

「妳真的什麼事都會想得很細。」

嵯峨說。蓬鬆的瀏海遮住他的眼睛，不知眼中映現的是什麼。

吹過墓地的風送來花香。

「真是美好的掃墓之行。」

我說。

「嗯。這是真正的掃墓。」

嵯峨滿足地說。

我彷彿做了什麼大好事，如咀嚼口香糖般咀嚼著被誇獎的甜蜜，緩緩邁步。

和來時略帶哀傷的氣氛截然不同。我們內心的緊繃放鬆了。藉由鮮花與線香的香味和祈禱。藉由專心刷洗墓碑與拔草。

回去後我們在我的住處上網搜尋廉價旅遊網站，一邊討論能否去聖多娜。

我知道租車費用比想像中還貴，但是沒有車絕對無法從鳳凰城前往聖多娜。嵯峨偶爾會幫忙送麵包而且駕駛技術也很好，所以結論還是得租車，我們在租車網站流連不去。

若是參加巴士旅行團會省很多錢，但是行程安排了一大堆根本不想去的地方無法自由行動。像我們這種彆扭孤僻的人很難加入團體行動。反正不是嵯峨被人挑釁，就是異性向我搭訕讓我感覺很噁心。這樣一直談錢，兩人都變得憂鬱，我們闔上Macbook，決定讓頭腦冷靜一下。這是我們唯一共有的昂貴物品。

「大學生真奢侈。衣服一個破洞都沒有。全都這麼漂亮。」

嵯峨看著我晾在屋內的衣服揶揄。

「沒那回事，我在大學甚至被人取了『清寒生』這種綽號。因為我老是穿同樣的衣服。不過這個綽號還真誇張。」

我說。

「妳媽也是天天穿同樣的衣服都把衣服穿爛了。」

嵯峨大笑說。

「最後下襬是真的破爛到溶化，唉，回想起來又好笑又苦澀。哪有大人會穿那種衣服啊。衣服居然會穿到溶化，我頭一次知道。」

「而且，我們也習慣了那種簡樸。」

我說。

「他們雖然幾乎是純素食卻是美食家，也熱愛烹飪。就某種角度而言，其實很奢侈。倒是現代人在衣服上頭花了太多錢吧？」

嵯峨說。

「當時那種生活，把我們的舌頭都養刁了。他們每個人都是廚師，而且食材新鮮，當然好吃。所以我們再也吃不慣昂貴難吃的料理了。」

我說。

「那麼小的田地，種滿各種蔬菜和水果呢。」

嵯峨說。

「我媽說，想出那種栽種方法的是年輕時的高松先生。據說他能夠與植物對話。」

「想到那片田地與院子，我至今仍感慨萬千。世上再也沒有那麼美的事物。一人一塊地，種自己喜歡的。看似雜亂，其實亂中有序，甚至嚴密得可怕，卻又有點隨便。那塊小小的土地擠滿了大自然的可怕。也把那塊地的主人的個性表露無遺。現在想來大概類似所謂的迷你庭園療法。

高松先生說小孩子的田地就各種角度而言都是最棒的，無法模仿。對我們的田地讚譽有加。高松先生能夠理解植物的感受。他會說：『這種植物不想種在那種植物的旁邊，否則肯定有一方會落居下風，所以要注意觀察情況。』」

我一邊回想當時的早晨一邊說。我們總是去自己的田地摘取當天要吃的菜。高松先生的那些植物沐浴在晨光與璀璨的水花中，真的很美。蔬菜像天堂的果實飽滿多汁，吃起來有水和陽光的味道。非常接近氣體。回想起來，不難理解素食者的心情，想必是只渴望用那種東西填滿身體吧。我很慶幸小時候吃過那麼美好的食物。

儘管如此，每次這樣談起回憶，真正的高松先生好像就變得更加遙遠。總是用出人意表的想法開拓道路的他，那套思想如今已不算嶄新。只要回想，只要學習，我們心中的高松先生就更加深刻，但真正那個他的氣息似乎也隨之逐漸消失。唯有他的想法總是鮮明地撼動人心。

「有一天，我們也要種田。趁著還沒忘記，我想留下那種想法。」

嵯峨說。

「雖然沒有得到他的全部真傳。但是有書，我想應該可以稍微探索一下。要是書上也有寫那個就好了。最重要的是，種田對精神健康有益。」

「欸，你不要老是說有一天、有一天。要做就馬上做。聽到你說『有一天』，總是讓我很難過。」

我說。

「因為目前做麵包還滿愉快的。」

嵯峨說。

「我退學去照料田地和庭院也行喔。」

我說。

「妳幹嘛老是那麼極端啦。」

嵯峨說。

那個「啦」的說法和嵯峨媽媽一模一樣，令我心頭一緊。

她以前經常那麼說我。

真子，妳幹嘛那麼急著清洗啦。

真子，妳幹嘛那麼愛睡覺啦，小心眼皮黏在一起再也睜不開喔。

真子，真子，妳為什麼那麼可愛啦。女孩子香香軟軟的我最愛了。

迄今仍縈繞耳邊略帶沙啞的甜美嗓音，有種與嵯峨相似的味道。蓄短髮的脖頸，修長纖細的腰身與雙腿。記得她好像總是穿著顏色美麗的長裙。和我媽不同，她愛打扮，穿衣品味也很出色，絕對不會把衣服穿到爛掉。

「媽媽愛詩，也喜歡看我上台表演，所以我才會走上現在這條路，並不是我自己的選擇，只是自然而然變成那樣吧。況且我也不想忘記英語。」

我說。

「但妳喜歡演戲或朗讀吧？」

嵯峨說。

「是喜歡沒錯，但那只不過是社團活動。這次雖是主角，但我其實喜歡飾演的不是主角，而是那種惡毒又難搞的反派，我很想嘗試。」

我說。

「今後妳應該還想繼續嘗試更多那樣的演出吧？」

嵯峨說。

他的目光彷彿定定窺視我的內心。

「我喜歡表演。但是，那不是一人可以包辦，我又很不擅長和大家合作。況且人無論再怎麼努力，好像也做不出像那田地那麼偉大的成果。」

「何不試試合作？」

「跟誰？」

「跟大自然。戲劇本來不也是如此嗎？最初應該是為了給神明看才演戲吧？劇場最初也是在大自然中。然後村民聚集，才開始發展的吧？不過我也不是很清楚啦。」

「不是很清楚嗎？但我可當真了。不過，這年頭空氣汙染，最主要的是空氣中的能量似乎很稀少。所以人類思緒的分量才會變多吧，那樣很不好。所以大自然的力量才會難以傳達到我們這邊。印度苦楝的故事，你還記得嗎？」

「嗯，當然記得。」

嵯峨說。說到關鍵字立刻就能理解，這是同樣在高松教（其實並沒有這樣的名稱）長大的夥伴才有的喜悅。

當時，我們總是栽培印度苦楝樹。它有除蟲效果，可以做成牙膏和防蟲劑。印度苦楝樹不耐寒，冬天當然是養在室內。當時我把它放在我最想放置的地方——我睡的簡樸小床旁的窗口，儘管每天慈愛地注視，付出大量的關心，一旦日照不佳，它還是會枯萎。

但是只要春天及時來臨，把它搬出戶外，印度苦楝樹靠著太陽的威力就會自己慢慢活過來。

我的意念縱然再怎麼強大，也敵不過大自然這種偉大的力量。說得更極端點，古人甚至把那種力量的流動稱為神明。這是為了能夠隨時明確掌握自己的渺小，以及那股力量的水脈之巨大。

人類，只能詢問印度苦楝樹自己想安置在何處。

即使在那種狀況下，苦楝樹葉片的藥效還是慷慨對我們開放。葉片與枝椏都能使用。只要還留著根，很快又會冒出葉子。就算再怎麼摘除也不怕。

人類什麼也沒做。只是得到。而且吝惜付出。

人類不過爾爾——有了這種念頭後才會有新的開始。這就是高松先生的苦楝樹講座。我說我喜歡苦楝樹的苦澀與芬芳，他就特地讓我觀察苦楝樹，一邊這麼告訴我。

他是個很像植物的人，像大樹一樣溫柔，像大樹一樣伸展枝椏，向下紮根，想法寬宏大度。他毫無慾望，徹底溫柔。在我認識的人當中，他或許最像那座岩山的精靈。如果他能夠健康到老，成為一個老爺爺，不知會有多麼淵博深奧？想到這裡我就覺得好可惜。

「儘管如此，還是希望有一天也能在漆黑的室內隨心所欲地種樹，這大概就是人類吧。唉，醜陋啊醜陋。貪婪的欲念真噁心。」

嵯峨搖頭說。在室內時，嵯峨就像變回小孩子特別饒舌，我很喜歡。

「如果有個恰到好處的地方，大家不必勉強用力也能盡情放鬆就好了。」

「一般人不會那麼纖細地調整自我活下去啦。會需要那個的，只有像我們一樣瀕臨極限的人。」

我微笑。

即便如此我認為自己還是比嵯峨更喜歡人。

嵯峨說我太天真，這種時候，我會想起上次美紗子眼眸深處蘊藏的真正美景。

像玻璃珠，也像漩渦。展現深邃的光芒。我認為那種東西果然美麗。人類也是大自然的一部分，有時也會美麗得可怕。

縱然那只是偶爾出現，我不期待也不失望。

有時出現綺麗夕陽，有時天空瀰漫濁色的晦暗烏雲。二者各有其相應之美，少了哪一方都無法成立。

人類企圖隱藏那個事實，所以才難纏。甚至會在污濁的陰霾天空上用布匹隱藏或塗抹色彩粉飾。

說不定，嵯峨比我更深邃、更溫柔，我想，我這種冷靜，或許突顯女性在本質上除了為自己心愛的事物之外，絕對不會全力投入的膚淺。那是出自身體深處，無法用道理改變，只能用「性別差異」來形容這種不同。

「妳很可愛，肯定桃花旺盛吧。」

嵯峨在黑暗中說。

「幹嘛突然說這個，而且態度這麼冷漠。」

我不禁失笑。

我睡在向來使用的高級床墊上。隔壁的房客搬家時辦了一場跳蚤市場派對，我趁機撿來這個。本來已凹陷，但我利用三個晴天從早到晚努力搬到外面曬太陽後，就恢復原本帶有高級氣息的厚實床墊了。

平時只是豎立在牆邊。

嵯峨問我幹嘛把床墊豎在牆邊，不如直接買張床，但我回答，這是只屬於我和嵯峨的房間，所以不需要。我說，如果真要買床就得買雙人床，問題是放上那張大床後房間就會被占滿。

嵯峨聽到「雙人床」開心地點點頭。真是可愛的傢伙。

這樣的嵯峨睡在我原先睡的單薄床墊上，並排放在一起時兩張床墊的高度有落差。我等於在黑暗中俯視他。

他在黑暗中燦然發亮的眼睛果然如星星如鑽石。

那種美麗幾乎令我落淚，但我沒說話。我怕一旦開口就會消失。

「要過來我這邊嗎？」

我說。

「可以嗎？」

嵯峨說。

「如果你願意射在裡面的話。我隨時都做好生寶寶的準備了。打從很久之前。」

我說。

有段時間，對種種事情心灰意冷的嵯峨忽然開始避孕。彷彿害怕發現自己也有責任。

那乍看之下是溫和的解決方式，也像漂亮地把問題暫時延後了，但我認為那是結束的開始。所以，我說只要他繼續那麼做我就不會跟他上床，也曾為此吵架。

「我們沒有錢，而且妳還是學生，要怎麼養小孩。」

嵯峨今晚也這麼說。或許是回到日本得知責任這個概念後，開始感到害怕。

「可以搬到鄉下……或者努力撐到我畢業，然後我們可以一邊開麵包店，一邊種田自給自足。我想總會有辦法的。」

我說。

「我們雖然比其他同齡者知道更多對生活有用的知識，可是唯獨沒有學到生存的方法。我並非沒有自信。我只是想強調，我們不懂那個。可是在普通家庭長大的人，看起來就像呼吸一樣自然地學會生存的方法。」

嵯峨說。

「想必，一般而言，那應該是父母要負責傳授給孩子的。問題是，我們不是只剩下彼此了嗎？正因如此，我們要和孩子活下去。」

我說。

在黑暗中這麼一說，希望頓時如清泉噴湧而出。這正是語言的力量。

「語言真厲害。我漸漸覺得自己能夠做到了。」

我又說。

「那就保持那種心態。因為別的語言可能讓妳再次受挫。」

嵯峨說。

他說著，鑽進我的被窩。

是的，突然湧現的希望也會立刻沉落，所以我想，必須持續培養。

嵯峨的手碰觸我的身體，就像自己在觸摸自己。分不清哪裡是自己，哪裡是嵯峨。因為我們實在共處太久了。

為了製造或許生不出來的孩子，今晚我們也要努力。

為何一直沒懷孕，我完全不懂。

十五歲時我一心一意等待，過了二十歲後沒懷孕好像成了某種詛咒。

我們沒有去醫院，只是很普通地等待生命的奇蹟。

這樣嘗試的過程中，會感到我們不再是鬼魂的一部分，我們正為自己而活。

「一隻鳥飛翔／飛翔／直至遙遠天涯／不分晝夜飛翔／飛翔／造訪太陽與月亮」

「那隻鳥名叫『骨頭在夜晚啼叫』／是將人間種種告知冥界的鳥」

「啊——咿／『骨頭在夜晚啼叫』／『骨頭在夜晚啼叫』鳥／晝也叫／夜也叫／只要聽見那叫聲／就會閉上眼／就會閉上眼／人界的鳥啊／冥界的鳥啊」

「我的耳朵在哭泣／想起了我／從冥界來找我——看我過得如何／過著什麼樣的生活——」

「我死去的父親／為了讓我長生／向天空之神及諸神／為我祈求」

「死者會保護我／父親監視我／父親保護我／現在我的耳朵在哭泣／是在找我／想起了我」

我倆如賽跑般競相朗讀詩句。正式演出時會像披掛布料似地穿上只有顏色不同的簡單長袍，站在相稱的布景前朗聲吟誦。

末長教授皺著臉旁觀我們的排練。

從舞台上看到他那張臭臉，我甚至瞬間噗哧一笑。

我心想，看來我們的台詞唸得不好啊，沒想到我們一唸完他立刻堆起滿面笑容，走到我與美紗子面前。

「太棒了。最重要的是對詩句的詮釋很精彩。還有，兩人都投入了熱情，彷彿真的化身為那些人物。」

末長教授說。

搞什麼，原來是為了表達「表演得太棒了」他才皺著臉啊，我暗自鬆了一口氣。

他通常連珠炮似地滔滔不絕，語氣雖然倉促輕快，卻總是看起來從容不迫。他的外表雖年輕，實際上已超過四十五歲，圓滾滾的眼睛與鼓起的雙頰讓他看起來年紀更小。

末長教授對文學與詩詞的愛深不可測。滋養他生命的是書籍。他總是依偎書本生活。書本培養了他，他向大家推廣書本。就像盤根錯節的大樹，書本與他互相幫助。那個系統簡單成形，令我很欣賞。一般人顯示的資訊太蕪雜總讓我頭疼不已。

末長教授是頭一位儘管嵯峨吃醋，我依然蠻不在乎照樣親近的外人。我也長大了，我對只屬於自己的人際關係感到驕傲，也對與嵯峨的分離感到寂寞。

末長教授推薦的書，透過他的介紹詞顯得特別有趣，因此我更加愛看書。紙本或電子書都無所謂。我對於人的思想轉換為文字的產物更加深有所感。

主要還是因為他看書時好像總是非常幸福。透過他的講課及他展示的文獻，我得以詳細知道在自己小時候生長的地方，美國原住民和白人之間發生了什麼事。我這才明白小時候待的那片土地上種種黑幕與因果之深，何以有種難以言喻的陰森。我很慶幸自己學到那些。

或許因為是小孩，所以更能用誠實的目光看事情。有時，不只是聖多娜，連亞利桑那州各地都像是染了血，呈現斑駁色澤。即使一再揉眼睛，土地好像還是有大片血跡。在大學上課後我才知道，那是土地曾經真實染血的記憶展現在我眼前。

得以感知那段過往的感性，與歷史結為一體，在我內心產生深度。

儘管被揶揄是熱愛非主流的次文化嬉皮講座，對學生而言，這樣真摯喜愛學問的教授如今極為寶貴。

在私生活方面，他有個小他十歲的妻子，夫妻感情之佳，甚至令人懷疑是否因為想看書，捨不得把時間浪費在吵架上才會如此琴瑟和鳴。他從來不會對學生流露下流心思或勾勾搭搭。那種高尚的氣質也令我想起高松先生，令我很欣賞。

閃亮的男人對我而言太刺眼，無法共處。實際上看起來閃閃發光也的確讓人心神不寧、眼睛疲勞。

「你們只在校慶演出一次太可惜了。」

他說。

「只要喊我一聲，我隨時可以表演。不過，該怎麼說，這是佐川同學不可思議的力量吧。與她一同讀詩，就有迥異於佐川同學平日表現的東西自她內在浮現，好像有某種偉大的、刺激靈感的東西逐漸蔓延，於是我心中也會產生自己從不知道的深奧情感，自己也被牽動了。所以能夠這樣演出我也覺得很痛快。會感受到日常生活中絕對無法感受的滋味。如果這就是接觸藝術，那真的是很美妙的體驗。」

美紗子說。美紗子扮演的角色是我妹妹。一同朗讀後，身為妹妹的感觸還留在她眼中。

我也在表演時萌生不可思議的感覺。

另一個我一直在我體內屏息以待。不屬於自己的言詞作為自己的言詞從口中冒出後，說話的那個表面的自己真的覺得美紗子就是我愛恨交織的親妹妹。看著美紗子的眼睛時，的確會感到血緣關係。就在那一刻，我對她萌生永恆的緣分與敬意。

「我說不定會未婚懷孕中途休學。如果沒有休學離開，只要時間能夠配合，就算懷孕我也隨時可以表演。」

我說。

每次做愛，我都懷著祈禱的心情撫摸腹部，甚至事後還會倒立，希望寶寶快點來。我認為抱著那種心態過日子很重要，因此有段時間刻意像孕婦那樣走路說話。那肯定和發揮演技的時候很相似。搬重物時我會稍微小心，彷彿身上多了一個新生命，為之陶醉。我會盤算著若是男娃該給他做什麼衣服，若是女娃又該做什麼樣的衣服，是否要用乾淨的布料多縫一些尿布備用等等，或者想像窗邊晾滿尿布的情景。

今天我也是處於那種心態說話。反正不管怎樣，嵯峨的精子應該還在我腹中游動。我祈求，精子們從現在起也能加油。

「不結婚嗎？」

末長教授問。

「那個還不確定，因為我們都很窮。」

我說。

「這樣啊。不過真好，可以說出那種話。這年頭的人多半是一不小心玩出人命，大嘆傷腦筋或者死都不想懷孕，像妳這樣期盼懷孕是件好事。妳真的很不像現代人。倒像是我年輕時那個世代的人。」

他不勝唏噓說。

他家有個小男娃。去年剛出生。

「因為我是被那個世代徹底洗腦下長大的。」

我說。

「有了寶寶之後，師母怎麼樣？」

美紗子問。

「簡直欣喜若狂。因為婚後始終無法懷孕。我倆還在家中哭著跳舞呢。揮舞著驗孕棒，像傻瓜一樣，樂瘋了。家中多了一分子，而且是我倆製造的，總之太棒了，只能老老實實感到歡喜。」

末長教授說著笑了。

他那種偏愛某些事物的氛圍，以及有點嬉皮式的想法，總讓我想起我媽他們。一如他對我感到懷念，我也覺得他頗有懷舊氣息。所以我們才會合得來吧。包括對七〇年代文化的憧憬在內，他的服裝與隨身物品全都帶有復古的味道。

在一切結束後的時代，我們絕對無法否定某些人收集餘燼取暖的生活方式。因為我雖年輕卻也是那樣生活。追憶過去，哀悼死者，卻還是拚命讓自己熊熊燃燒。

一般人對那樣燃燒生命並無憧憬，像羊羔一樣溫馴生活，這點我也漸漸能夠理解。

就算對羊說他像羊，對方也只會認為你瞧不起人。

但我就是這麼覺得。不是瞧不起人，只是因為我從不同的角度觀看。他們對生命太不在乎，對因果法則也太大而化之。即便知道了那個也企圖把一切大事化小小事化無。他們似乎在強調，如果發生出乎意料之事會被嚇死，所以最好什麼事也別發生。

「我們之間有金錢問題。」

我說。

「最近我認為或許就是因為有經濟方面的不安才無法有寶寶。」

「犯不著跟那種跟蹤狂在一起，真子也能有更清爽的婚姻。」

美紗子說。

與外觀不同，我的內心可沒有半點清爽喔。我很想這麼回嘴，但末長教授溫柔的眼神阻止了我。

「不，清爽不見得就是好婚姻。」

教授這句話將我從美紗子雖無惡意卻令人傷感的言下之意拯救出來。

「青菜蘿蔔各有所愛。說不定那段感情對佐川同學而言，就是最大的救贖，非常清爽舒適。」

「噢，或許吧。」

美紗子霍然一驚如此說道，表情坦然。她彷彿察覺了什麼真理，毫無心理陰影。

我心想，美紗子真是個坦率的好人。

我絕對沒有看不起她。現在，美紗子正透過這樣的方式拓展人生意義。她正在做我十幾歲就已做完的作業。那是當今日本二十幾歲青年的常態，肯定非常重要。

我像對植物許願般祈求：但願妳能慢慢地、美好地盡情成長。

偶然在那有別於人世的另一個空間成為我妹妹的人啊。

「我太喜歡真子，忍不住把自己的理想強加在妳身上。我該好好反省。我並不了解他還亂說話，對不起。」

「謝謝。謝謝妳懂我。雖然我什麼也沒說。」

我說。在我心中，他人的體貼關懷帶來的珍貴畫面又多了一個。

「撇開清爽是否一定就好這個問題先不談，我內人的娘家是大戶人家，所以絕不允許助產士來家裡接生。雖然她希望在家裡生，但她畢竟已是高齡產婦，最後還是在大醫院生產。

雖然是大醫院，但醫師們對嬰兒的重視並未因此減少，所以我們欣然接受，度過幸福的幾天，可是一生產完就有奶瓶消毒啦、嬰兒尿片等等公司的人來推銷，把我們嚇了一大跳。而且，如果真的都買下來得花不少錢才能添置齊全，那讓我感到如果沒錢根本不可能生小孩。那樣子，也難怪沒錢的年輕夫婦會感到窩囊，或者認為自己無法養小孩。當時，我還跟我內人說，今後的年輕人要生孩子也很辛苦。」

末長教授說。

「我們夫妻年紀都大了，也夠強悍，所以對那種推銷四兩撥千斤就敷衍過去了，立刻在家開始熱心實行不包尿布的極端育兒方法。關於那種育兒方法也是，我本來以為絕對無法習慣，沒想到還真習慣了。我覺得人類真的是被創造得很巧妙。

那麼小的嬰兒，也會表明自己想大小便的意思。會把小孩當傻瓜的肯定是因為大人自己是傻瓜。

關於活著，嬰兒遠比我們聰明太多了。看著這種每天只專心努力活著的小生物，會覺得自己太懶散。彷彿生命正熊熊燃燒散發光輝。每天都很驚訝。」

「老師家的寶寶在這年頭肯定很罕見，真正像個嬰兒，圓滾滾的還閃閃發光。」

我打趣說。

「唉，不過以當今的時代，頂多也只有嬰兒時期能夠那樣吧。要一直圓滾滾又悠哉自然地活著很困難。不管去哪都是令人鬱悶的話題。這年頭金錢就是上帝。已經完全喪失不久以前，如果遠方有偉大的崇高存在時大家都會感應到的那種時代了。就連我家的孩子，等他上了小學，肯定也會失去那種異樣悠哉之感吧。

不過，我認為人類在根本上，對於金錢絕對買不到的、超乎想像的偉大體系始終懷抱憧憬。

所以我希望孩子至少在家可以擺脫束縛過生活，就像住在森林中。我希望他將來能夠看很多書。不過，那大概也會越來越困難。我們的家族，肯定會活得相當偏執吧。我敢說關係也會很緊密。我想以當今的時代，應該可以容許那種程度的偏執。」

末長教授說。

「好人實則偏執，這是嶄新的模特兒耶。」

美紗子笑言。

「我盡可能安靜地韜光養晦，碰上討厭的事非做不可就盡量有效率地抽離個人情緒迅速完成，之後就隨心所欲。我不敢說隨心所欲的世界不會受到時代的影響，也不是自私地只要自己高興就好。但是，先從自己的場所出發的確很重要。別人看了會漸漸受影響。用不著大聲疾呼。只能從自己開始做起。」

末長教授像要告訴自己似地說。

我深深感到，這種類型的大人真是令人懷念啊。

就像以前在我身邊的大人。

開朗單純，軟弱正直，明明渾身弱點，但只要大家在一起就會特別安心。他們是那種幾乎像天然保育類動物的人。教授顯然也是那種瀕臨絕種的類型。

「對了對了，你們朗讀的那本詩集本來已經絕版了。我年輕時讀過，好不容易弄到手，後來借給別人就一直沒還給我。我很想再重讀一次，到處打聽都找不到，圖書館也沒有，我很失望。

沒想到，有一天不經意走進舊書店，我差點懷疑自己眼花。那本書居然被當作圖書館淘汰的廢品以五百圓出售。

這本書的價值和做為文獻資料之寶貴，令我內心當下百感交集十分糾結，但我面上裝作若無其事，不動聲色地把這本書混入其他舊書一起買下。

出了書店我不禁加快腳步。緊抱著書回家。

之後我加上自己寫的解說請人重新出版。原先的出版社已經倒閉，所以是另一家小出版社出版的。我有幸在這本書重新問世出一分力。

即便對有興趣的人而言，這本書乍看之下也平平無奇。不過，這是某人一點一滴收集墨西哥的美州原住民小部落的詩歌，托人出版後自己就死了，是一本耗時良久的書。這樣的東西有種奇妙的分量。就像辛苦維繫生命的力量，即使無人相信這種奇蹟，它依然在那裡。

遙遠未來的某一天，當我早已不在人世時，想必會有跟我一樣的人在哪兒發現這本書。我認為書的生命之所以能夠如此維繫下去，想必是因為書有靈魂。打從以前在咖啡店第一次看到這本書，這本書的生命就一直在呼喚我，所以才會發生這種奇蹟吧。我如此深信。現在能夠看到你們演出，簡直像在作夢。」

末長教授兩眼發光，開心地說。

我非常能夠理解他那種想法。卻又有另一個自己在想。

的確有這種情形。生命會發揮那種力量，嚴密到殘酷的地步。我媽他們肯定就是被那種浪漫的理想殺死。所以不可掉以輕心。處理這種力量時，絕不能赤手空拳天真無邪。那樣會致命。

那種話我實在講不出口。

改天再說吧，等我的心情整理得更妥當時。

但願這美好的友誼，能夠持續到那一天來臨。

況且浪漫的理想會滌淨污濁淤積的血液，肯定是讓人精神煥發光彩的好東西。他們看到的美好事物，就像嵯峨不知不覺特別發達的手臂。就像不用照顧也會不知不覺長得特別茂盛的迷迭香，世上的確有這種東西。

如果連那個都不能拯救人，年輕的我又有何可說。

我不得不期盼教授始終抱著那種想法的人生能夠盡量得到庇護。

然後，無論如何都堅持活著的嵯峨身影浮現。

不管那是多麼美妙的情景，我都無法像我媽把高松先生的世界視為全部那樣去看待嵯峨。為了讓嵯峨活下去，毋寧必須小心堅持自己眼睜睜看著嵯峨痛苦為之感動的那種殘忍。那是女人想讓對方活下去的本能。

「你們的表演，讓書本的生命衷心喜悅。謝謝。」

末長教授說。

他那早已被校內派系鬥爭及冗長會議磨滅掉美好夢想的靈魂，對我渴望相信必然存在的書本精靈呢喃：「剛才吃到了美食喔。」

這個世上充滿詭異的魔法。有的乍看美麗，有的雖然醜陋卻有光輝內在。有的具有壓倒性力量，有的像精靈那樣力量微弱，有的像寄生蟲從人身上吸收養分，也有的純粹只是不斷付出，什麼樣的都有。

我知道另一個世界的存在，在現實生活中是個綽號叫做清寒生的普通女學生，我跨足兩界之間生存，已經堪稱魔女預備軍。所以我祈求，至少能以善心去接觸眼睛所見的種種，做個好魔女。

販賣嵯峨做的麵包的那家小麵包店，就在嵯峨住的宿舍門口旁邊。

烤麵包的廚房和店面以小小的出入口相連。

嵯峨住的慈善機構占地很廣，本來是廢棄的大型工廠。機構得到政府的輔助金，才有了麵包工作坊與店面。

地點稍微偏離市中心，起初只有在那個機構服務的志工和極少數的附近居民會光顧。

有一次，新聞報導店內裝潢、麵包製作和販賣通通都是住在機構的孩子及畢業校友負責後，開始有許多人大老遠開車專程來買麵包。歸根究底當初就是有人離開機構自立開設麵包店才有了這個計畫。此人的父母因車禍去世，直到高中畢業前都住在機構。之後在知名麵包店工作，後來自行創業。

他運用天然酵母做出的素樸麵包大受歡迎。得到輔助金後他就在那裡開了第二家店，以師傅的身分前來教孩子們如何做麵包。這個故事也頗受好評。

就連討厭人的嵯峨也很尊敬這位麵包師傅。嵯峨進機構時，師傅已經畢業離開，但他似乎經常回來辦麵包講習，嵯峨就是因此對做麵包產生興趣。從小吃自家製麵包長大的嵯峨，很了解酵母的味道，我想師傅教起來應該也很愉快。就像我遇到末長教授，嵯峨也有幸遇到那位師傅。

這天麵包店的停車場也擠滿了車子。

因為不接受預訂，所以經常大排長龍，配合麵包出爐的時間，不斷有麵包賣光。我們在美國住過，所以吃麵包理所當然，但日本人是什麼時候變成這麼愛吃麵包的，我和嵯峨都很驚訝。

我大約每週會去買一次嵯峨做的麵包。

嵯峨不在店面負責販售，但他會從廚房送麵包出來，所以有機會跟他打招呼。有時我沒去，會讓嵯峨急得天天來接我，甘願做個小跟班。

裝潢樸素的小小店面，櫃檯勉強可容二個兼職店員進入。牆邊堆滿各種麵包直至高處。

我走進店內，選了可頌麵包和法式紅豆麵包放在托盤上。

法式紅豆麵包是在法國麵包的麵團內包入紅豆泥。至於可頌麵包，

「妳知道這裡面放了多少奶油嗎？親手做過後，甚至會嚇一跳。吃那種麵包絕對會變胖。」

想起嵯峨說過的話，為了博君一笑，我故意買了那個。我打算等他去我住處時

就給他吃。

排隊等候結帳時，嵯峨捧著裝滿香噴噴麵包的銀色大箱子進來了。

「麵包剛出爐，賣的時候不要把袋子封口。」

嵯峨吩咐，收銀檯的女孩目不轉睛看著他點頭。

啊，這個女孩也喜歡嵯峨。我的心頭一緊。嵯峨才是永遠桃花旺盛。他的落寞氣質特別吸引異性。

「嵯峨。」

我小聲（不是故意的）喊他。

看到我，他的臉倏然發亮。

太好了，我暗想。因為他的神情毫不心虛，也沒有嫌我礙事，似乎只覺得能夠見到我很高興。

如果哪天失去他這種反應，在我心中也將會有某種東西死去吧。

為了在那一天來臨時能夠坦然面對，為了讓自己在那樣的將來也能站得挺直，我只能接受現在。

收銀檯的女孩看著我倆似乎很傷心。

我覺得很抱歉。但我愛莫能助。我倆擁有誰都無能為力、就各種角度而言都是壓倒性的某種東西。那是被要不就終生廝守，要不就永不見面這種二選一的感情支撐的關係。那個懸崖，無法用半吊子的心態走近。

只要嵯峨能平安長大，我就已經很高興了。那是一度本應失去的生命，是我死命像個母親一樣拽回這世間的生命。像希臘神話中的奧菲斯一樣追隨妻子上窮碧落下黃泉，即便回頭對方已成殭屍，還是要把人帶回去，那點小事我才不怕！就是抱著那樣的決心保住的生命。

所以我與嵯峨不同，從來不會為別人吃醋或動搖。說不定是嵯峨讓我得以如此。

只是每次看到這種現象，就會覺得這世上沒有任何地方真正清靜，我媽一心追求了無一事的清靜世界，甚至為此付出生命的舉動令我深思。

我記得高松先生曾經很乾脆地說過。

「這個女孩，如果願意一輩子照顧這個男孩，而且將來有了子孫繁衍後代，就算我們這些大人全死光了不仍留有後路嗎？既然如此，就隨他們去吧。操心自己死了之後孩子的人生怎麼過，是父母自私的本位主義。如果可以，我希望大家都活著。我自己一個人死就夠了。更何況我覺得自己還能活很久呢。」

失去他會走投無路的，只有我媽她們兩人。

我害怕我媽二人只信任高松先生的那種眼神。因為看起來她們並沒有那麼在乎我與嵯峨。

媽媽她們為何不肯活到最後？那麼依賴高松先生真的好嗎？那對他孱弱的生命分明已成了重擔。

迄今我還是不懂。真的無法理解。他們應該要努力活下去的。我知道當時家中經濟面臨嚴重不安。那就把我的學費都花光也無所謂。大家不是成天把生命最重要這句話掛在嘴上嗎？

他們對現代社會疲乏，眼中只有高松先生描繪的理想世界，這個在我長大之後非常理解。但是，既然如此何不繼承他的志向，隨便是要種田或種花都好。剩下我媽一個人沒有自信能夠撫養我們兩人，這我也能理解。但是，那就一起工作不就好了。我們就算不去上學也無所謂。

若是現在，若是這個年齡的我們，就可以和我媽好好討論，設法阻止她。就長遠眼光看來那只是些許誤差，卻已決定了一切。在我還無法做任何事的時候。

雖已意識模糊，還是不同意大家一起死的高松先生，本來期望吃安眠藥安樂死也只好暫時作罷，他不斷強調希望大家活下去，最後是被送上救護車在醫院過世，如果真的尊重他的意願，我媽她們二人就該活下去才對。

如今那已成謎團，曖昧不明。

那團迷霧，有時伴隨著「所謂的人生，或許只是我們自己還不懂，其實果然麻煩到我們無法招架的地步？」的恐懼襲向我與嵯峨。

「收銀檯的女孩好像喜歡你。我猜她很崇拜你。」

我在麵包店前的停車場說。
一旦說出口好像只暴露我的嫉妒，我很難過。
而且唯有說出口的那一刻，讓我很絕望，好像那孩子還有無限的可能性，也有未來，只有我一個人從那裡消失了。
「妳幹嘛吃那種飛醋，沒事瞎操心。葉山小姐的確很久以前說過喜歡我。但我跟她講得很明白，我說，『不好意思我已經有喜歡的人，而且將來會跟對方結婚，不可能答應妳。』」
嵯峨說。
「我就知道。」
我說。
「我吃醋哪有你厲害。而且你又沒有對我說過那種話。」
「妳是說『喜歡』？」
嵯峨問。

「不，我是說不能答應她云云。你從來沒表現過與葉山小姐那種人接觸時的那一面。或許你已經厭倦我，但是又無法離開，只好勉強來見我。」

我說。聲音顫抖，淚水奪眶而出。

「妳在胡說什麼啊。」

嵯峨說。

「真子，妳的腦袋充斥太多自己的聲音了。就某種角度而言，妳是太閒了才會胡思亂想。如果整天為那種事鑽牛角尖，喜歡的東西遲早也會變討厭，結果將是我被妳甩掉。

更糟糕的後果是走上絕路尋短。妳可是我自豪的女人，妳這種表現，太奇怪了。枉費我一直認為：『幸好湊巧倖存下來與我相依為命的另一半是妳，我賺到了，真幸運。』非得要我立刻跟妳結婚同居妳才甘心？那就那樣做也行。換個比較大的房子吧。結婚成家的時候好像可以向機構申請貸款。」

嵯峨說。

「真的嗎？你是說真的？」

我問。

「嗯，我無所謂。反正早晚都打算結婚。也沒別處可去。啊，我這種直白的說話方式是不是不太好？」

嵯峨說。

「不是……那種事我不在意。只是，嵯峨去了麵包的世界，我去了表演的世界，我怕我們分道揚鑣，各自走向不同的新世界。我們馬上就要到達不能再稱為孩子的年齡。而且我們從小的經歷讓我們無法真正長大成人，所以今後對我們而言，其實全然未知，對吧？我真的很害怕。」

我說。

說著已止不住淚水。一旦說出太過真實的話，一切都刺得心口好痛。

每次總要等到話說出口才終於明白自己的心情。

正因為我絲毫無意前進，一直佇立原地，才會癡癡等待能夠硬生生推動我前進的寶寶降臨。

「我們從很小的時候就在一起，所以沒辦法。時間流逝，總有一天會成為大人。那是理所當然吧。彼此感興趣的對象不同，性別與喜好也不同。隨著成長，出現格格不入的情形是莫可奈何。但是，真的會如妳所言嗎？我們共有的難道只有那麼膚淺的東西？

我揉麵包、烤麵包就覺得有趣，麵包受到歡迎就開心。為了我們的未來努力存錢雖非那麼重要的事，但是會讓我心情很好。

如果演戲能夠發揮才華，想必妳也會很開心吧。

說不定，庭園與田地在高松先生和我們的媽媽們心目中的地位，就像麵包與戲劇之於我們。我們當然可能無法真正長大，一再受挫，始終賺不到錢。一直穿著整潔但寒酸的破衣服。也很可能無法實現任何夢想，糊里糊塗繼續過著貧窮生活。但是關於心態，我相信全看自己。在這種時代除此之外，還能相信什麼？

我們以彼此的存在為基礎，所以能夠做到這種事，就這麼簡單。不管做什麼，唯一可以確定的是，那種庭園和田地的栽種方式與哲學之所以成立，基礎就在於我們是這世上唯二的人才。

每天都讓我深深感到，要多看看別人，多學習不同的事物，原地踏步是不行的。不過，只要是自己決定的，那我想待在原地應該也無妨。人生僅此一次，要靠自己去選擇。而他們也一樣，並非別無選擇。哪怕走上與眾不同的路也是自己選擇，我認為至少這點應該予以尊重。雖然他們那種選擇我絕對無法苟同，而且我相信他們如果還有意識，現在肯定也很後悔，但我還是認為該尊重他們的選擇。高松先生或許現在也很後悔，當初只因期待那種集體生活與融洽的感情就輕易跨出那一步。那不是只要順利進行可以幸福長久就好的問題。就結果而言或許終究是失敗的嘗試，但我認為有人那樣堅持過完一生是值得尊敬的，也絕非毫無意義。只要我們抱著希望，甚至就連他們未完成的夢想都有可能實現。

被留下的我們性情都不穩定，又還是小孩。不過，我認為我們的確擁有某種確實的東西。即便迄今仍無法如妳所言孕育寶寶。」

嵯峨說。

「你講這些話，該不會是為了讓自己安心？我啊，其實比較笨。大腦構造很單純，無法以長遠的眼光考慮人生，想法也沒那麼抽象。我以為年輕男女只要做愛，很快就會有寶寶，所以一直對現在的狀態感到困惑。好像在癡癡等待，有點痛苦，無論何時，都有那種感覺。」

我哭著說。五顏六色各有歸處的汽車，不斷在停車場進進出出。

「不。只是，該怎麼說呢，妳有點太夢幻了。就像是漂亮的包裝，或是玻璃工藝品。好像只注重片面。妳的腦中總是充斥太多想法。如果光注重心情，活著會很苦吧？那樣較真地鑽牛角尖，遲早每件事都會走進死胡同。我認為糊塗一點也無妨。何不把我當成山或道路看待？無論何時永遠在那裡。」

「山或道路嗎……」

我說。

我在腦中描繪亞利桑那州的山與路。穿過市區，沿著河邊，那條有露營區的乾淨道路。還有日光。可以遠眺群山在日光照耀下的陰影。

驀然間，心情好像稍微開闊一些了。

記得以前總是如此。

那時我的確是幸福的。每晚一邊向神感謝祂賜予的幸福一邊入睡。我被媽媽他們稱為世上最幸福、最安定的孩子。

那種時候，嵯峨總是默默待在一眼就看得見的地方，幾乎讓人忘了他的存在，每天都會見面，就算他不在，我也視作尋常地想著等一下就會見到所以沒關係。

實際上當然也有「咦？嵯峨今天居然不在」的日子，但嵯峨之後必然會坐著高松先生駕駛的小貨車回來。或是在車斗睡著，或是累得擺臭臉，被蟲子叮咬哭了……即便發生那種種情形，只要見到面，最後終究會露出笑臉結束一天。

我經常和嵯峨睡在一起，在沙發或地板玩耍時。身體的一部分接觸到嵯峨冰涼的身體。之後兩人都變得暖呼呼想睡覺了。那種時候，總會有某個大人替我們蓋上毯子。那種老舊的羊毛氣味我還記得。是刺刺的、很溫暖的毯子。

「山或路有時不是會幫我們嗎？因為那種存在對我們敞開的徐緩感。」

嵯峨說。

「如今少了當時那種周遭隨時有人在的安心感，感覺只有我們相依為命，或許心情不自覺變得緊繃。想必也因為我們到了最適合生育的年齡。如果心情為其他事情游移不定，當然不可能懷孕。況且這裡沒有月亮，也沒有遼闊的天空，注意力往往被轉移。」

我說。

「妳怎麼又說那個。看來妳真的很想要孩子。不過妳說的話就某種角度而言想必很真實，或許也很符合女人身體的實際感受。」

聽到嵯峨這麼說時，他對我的信賴令我銘感五內。

是的，我並非只是在使性子。彷彿有什麼東西逐漸脫序變調，那正是寶寶遲遲不肯降臨的這種事態。

但是每天聽到妳還年輕、妳應該盡情享受各種生活之類的說法，或者看到同學真的還很幼稚，會覺得錯的人好像是自己。不，是有種不可思議的感覺，好像不知不覺被迫變成那樣。就像在夢中，自己完全沒有自己人生的主導權。

「我是男人，還無法到那種地步，但我並不排斥生小孩喔。完全不排斥。如妳所言，我早已習慣團體生活。就算落居下風，只要人數增加就代表戰友增加，面對惡勢力可以靠數量取勝。」

嵯峨微笑說。眼中的光芒隨之瞇成一線，非常美麗。那抹光芒也映現在我的心間。

「我每次做噩夢見到的那個峽谷，正在呼喚我們。只要還在與它交流，我們就無法真正幸福。不過，如果有寶寶，嵯峨與我都會加倍安心。

況且那些大人中的某一個說不定還會投胎轉世來幫助我們，這麼一想就覺得士氣大振。

畢竟，我們的家人是單方面越變越少。那種逐漸減少的感覺我一輩子都忘不了，我害怕。渴望阻止這種情形的念頭越來越認真，所以更加害怕。我啊，只要一次就好，真想看到人數逐漸增加的感覺。」

我說。

紅岩聳立的山脈宛如猙獰的惡魔虎視眈眈環繞我們。天空蔚藍無垠，但是因為被岩山包圍所以顯得狹小，怎樣都無法企及那片爽朗的天空。我們已經沒有父母了，明明之前還在的，他們真的死了。不該是這樣。那種討厭的心情又出現了。昔日血流成河的大地正在要求更多鮮血。咆哮著企圖重現那種張力。面對那個，小情小愛或可愛的對話，抑或手心的溫暖這類東西擁有的力量不值一提。這裡是監牢，所以一旦對上眼算你倒楣，一輩子都別想出去，無論去何處，我們的生命都遭到詛咒。

「沒有出路的峽谷啊。那是波因頓峽谷（Boynton Canyon）吧。聽妳那麼描述之後，因為妳一再夢到，我也開始經常浮現那種想像。就好像是自己做的夢。

正因如此，為了消除恐懼，我認為改天應該再去一次。我們的媽媽們並非在那裡殉情自殺，可是不知怎地，想像中的三人總是在那片土地流血橫屍。我希望有一天能夠正面面對那個祕密，克服它。」

嵯峨說。

「在我心中也一樣，那個場所最不吉利。我媽只和大家一起去爬過一次山，就好像從那裡帶回某種沉重的東西，非常害怕那裡。當她死前精神狀態異常時，也曾表示像我一樣頻頻做噩夢。她說在夢中看到的幻影，也同樣是我們全體死亡的情景。比亞利桑那州的鬼城傑羅姆（Jerome）出名的鬧鬼飯店更可怕。究竟有多可怕，甚至無法想像。或許就是因為這樣，峽谷才會到現在還在呼喚我們。是那片土地縈繞的死亡氣息在呼喚我們。」

我說。

「鬼城傑羅姆的訪鬼之旅啊，真令人懷念。」

嵯峨說著笑了。

昔日煤礦遺址猶在，如今已成觀光勝地，位於聖多娜附近的鬼城山丘上，聳立著據說鬧鬼的老飯店。

大家（尤其是我和嵯峨）覺得有趣，還提議進去參觀，但我媽含淚堅稱那裡很恐怖，死都不肯去，因此我們終究沒有進飯店。

我記得當時一走進那個小鎮，天空忽然陰暗，不知怎地眼前蒙上霧靄，各種商店內部的陳設全都看不見了。人們雖也如常行走，卻充滿亂糟糟鬧哄哄的沉重氣氛。高松先生說，那裡好像真的有問題，我們不該去的。

「砸重本去住『魔力（Enchantment）高級飯店』也行喔。反正我打工存了一筆錢，等校慶演出結束我會再去打工。」

「住那裡啊，太貴了，到時候恐怕沒錢上餐廳，只能在房間吃買回來的麵包或洋芋片。不過那裡的房間一定也很大吧，我會緊張。」

嵯峨笑了。

「那樣也無妨。只要我們一起去，偶爾環境改變的話肯定做什麼都很好玩。房間八成就像獨門獨院的房屋那種感覺。雖然我只看過外觀。」

我說。

波因頓峽谷的登山路線，是環繞那家高級度假飯店外圍而行。異常遼闊的境內蓋了許多度假小屋，為了避免破壞自然景觀，建築物的色調和峽谷的岩石一樣是紅褐色。

我們沿著飯店外圍正好走了一半，一邊健行一邊從外面遠眺那豪華的外觀，七嘴八舌議論著哪一天也要進去看看。我們的步伐雀躍如同載歌載舞。

起初感覺非常好。

高松先生不太能走路後，就變成只有我媽和嵯峨，還有嵯峨媽媽和我四人一起去那裡。

起初高高興興一起唱歌的媽媽，隨著逐漸走近登山路線的終點就越發沉默，顯然不只是因為累了。

她以畏怯的眼神仰望峽谷。我知道，當她露出那種神情，通常是心靈之眼看見髒東西。我看不見，但對我媽而言無比明確。我感到靠我的力量無法把她拉回來。我依然只不過是媽媽產下的、比她渺小的生物，她對更巨大的事物懷抱著無限憧憬與敬畏。當我們走到某個地點，我媽一屁股坐在岩石上說，「我累了，走不動了，就在這裡等你們。」剩下我們三人只好默默繼續走。

嵯峨也是。每當他接觸到不想看或不想感受的東西時，總是露出緊閉心房的表情。嵯峨當時就是用那種表情默默走路。

抵達峽谷深處的沉重絕望感令我永難忘懷。那時我心想，我們來到不該來的地方。我們還是坐了一會，從谷底仰望群山，然後迅速離去。我媽臉色慘白，坐在路旁。不知她究竟看到什麼，感覺到什麼？

我總覺得，去過那裡之後，似乎略微加速他們的死亡。

「可以去的話就去看看。說不定能夠以不同的眼光看待——只是當作觀光區。」

嵯峨從我身後緊抱住我說。

從小只要看到我吃醋，嵯峨就會心情特別好。

雖然覺得他那樣很傻氣，但是只要能見面就很開心。即使我專程來這裡買麵包，也經常因為嵯峨在廚房忙碌完全見不到面。

「你為什麼那麼樂觀？」

我問。

「因為我並不孤單。」

嵯峨的聲音在我的腦後如夢般溫柔響起。那是帶有性愛香氣的甜美晦暗的迷夢。

「抱歉把妳叫出來，今天第一次見面，有些話我非說不可。」

她說。

「我完全不介意。我朋友很少，所以很高興。」

我說。

「想必妳已從光野先生那聽說，我被他徹底拒絕了。他拒絕的速度之快，簡直是一眨眼就把我甩了。不過現在我已經振作了。所以，我別無他意。只是想跟妳談談。」

葡萄酒透著光，彷彿淡色的紅寶石。好久沒和女孩子一起喝酒，我的心情不知怎地有點雀躍。

嵯峨回去工作後，收銀檯那個女孩突然從店裡跑出來，聲稱想跟我談談，問我能否換個地方見面。

葉山小姐身材矮小，工作勤快，眼珠子圓滾滾。

我有點好奇，也有點想折磨自己的衝動，另外，最主要還是不想讓自己的眼睛一直籠罩迷霧，所以我想向她好好打聽一下。我覺得那會比自己胡亂想像更輕鬆。

我們約好等她下班後去喝酒。這件事我沒告訴嵯峨。我只說要和學校的朋友見面，叫他晚點再去我家。

「和我在一起時的嵯峨，與喜歡與否無關，肯定只是順其自然。因為我們認識太久了。」

我說。

「我知道。到頭來完全沒有我介入的餘地，我發現你們是真正的天生一對。我只是很好奇我喜歡的人喜歡的佐川小姐是什麼樣的人，也有點憧憬，所以想跟妳聊一下。」

葉山小姐說。

「我被他徹底拒絕。他說已有結婚對象。說得毫不客氣，連螞蟻可鑽的縫隙都沒有。我知道這種說法不妥，但真的就是毫無機會趁虛而入。」

「不過，我的結婚對象如果看到妳在店裡有困難，想必還是會幫妳。那是我一輩子看不到的另一面。或許我也有點羨慕妳。」

我說。

「啊……或許吧。不過，我已經徹底死心，所以妳放心。這段期間有另一個人向我告白，我已經倒向他。他就住在附近，個性很開朗，很喜歡我們店裡的麵包，常來光顧，目前隸屬於某企業旗下的排球隊，我也認識他的家人。我只是很好奇佐川小姐是什麼樣的人，想跟妳好好聊一聊。」

葉山小姐說。

「人們說的話，永遠是透過那個人的眼鏡看到的，所以聽了往往會感到不可思議。不過，我認為外人可以看見自己絕對看不見的一面。葉山小姐眼中的我與嵯峨，想必很夢幻，因為我想找回那個，才來見妳。之前在停車場看到妳的眼睛，我就知道，妳不是為了接近嵯峨才來找我。如果妳想橫刀奪愛我一定會發現。一旦我發現大概會避開。

我現在，正在大學學習我喜歡的東西，但是心態就像懸宕在半空中。原本我應該早已生下嵯峨的寶寶，正忙著帶小孩才對。每個人都叫我年紀輕輕用不著那樣鑽牛角尖，甚至嵯峨也這麼說。

可是，我只是很驚訝。當初回到日本時我想像的不是現在這種狀況，所以我不知所措。我的親人，我的媽媽與嵯峨媽媽，還有她們的老師教過我，這種時候不能抗拒人生的浪潮。所以，我試著演戲，嘗試獨居生活，去買嵯峨做的麵包，但是不管做什麼我總覺得少了點什麼，好像是等待寶寶等累了。」

我說。

然後我想，我也渴望像她那樣喜歡上某人。

不是因為無法抗拒的命運安排，我希望是漸漸接近，日久生情。我知道講這種話是身在福中不知福。我與嵯峨的關係不知被多少人羨慕。這種被情敵找上門的情形已經不止一兩次。也有立場顛倒的時候。追求我的男人，也曾與嵯峨談話後被嵯峨趕走。

像我們這樣擁有壓倒性氣質的人，往往會激起某種人的興趣，如此而已。我在心中下定決心，一定要抑制總在這種時候得意忘形或嫉妒的自我，好好看清一切。如果發生變故，失去嵯峨，我還能站得穩嗎？我不會自殺嗎？我總是如此自問。

父母自殺的人，想必都是以那個為基準。當然或許也有人並非那樣，但我一貫如此。我覺得自己遲早也會變成那樣。被那峽谷的陰影盯上。

做決定的明明應該是自己，但是現在的我甚至好像不是我。看來乾等的狀態不太好。會覺得自己好像在消磨時間。

「從小到大都在日本生活，結婚也碰上高齡化時代的我，同樣也只能對妳說，年紀輕輕還不用那麼著急。」

她說。

「我若是站在旁人的立場，大概也會這麼勸自己。我一直只想著要替嵯峨生孩子，我以為會更簡單地實現。我甚至還苦惱過，按照計畫這時候應該已生了三個孩子，該怎麼籌錢。」

我說。

她瞪圓了眼看我，然後說：

「能夠這麼自然地考慮這種事，可見你們兩人果然是命中注定的緣分。」

「命運的事，我不懂。因為我從十五歲起就一直盼望懷孕，已經等待太久了。不過，把人生重心如此放在男女問題上的我或許沒有資格講這種話，但我知道。這世上除了戀愛或做愛之外，其實還有很多美好的事物。比方說美好的泥土……」

我說。

「泥土？」

她依然瞪著大眼說。

我想像美好的泥土。

有機堆肥發酵成為上好的肥料，用手攪拌均勻。

把肥料混入土中，弄得蓬鬆柔軟。變成令人想把臉埋進去的那種溫暖、芳香的泥土。

接著將那種土和原本的泥土仔細攪拌。讓兩者完全融為一體，仔細攪拌，直到泥土的記憶混合。

然後不必太費心，啪啪啪以大而化之的節奏與間距種下種苗。不過，種苗是從種子開始種在小盆每天觀察、讚美，仔細培養出的種苗。

每日觀察，不可澆太多水，給予充足日照，望著種苗對它說話，細心栽培。

切不可對它祈禱或訴說太沉重深入的話題。

務必要像和朋友打招呼一樣輕鬆，不過有煩惱的日子也會對它訴說。簡而言之，就是隨便來。用手或筷子除蟲，實在太多蟲時，就噴灑用醋酸或木炭稀釋的汁液。

切記不可按照自己的節奏隨便拔草改動整體的樣貌。只要保持良好的心態去接觸即可。

人生如果全部按照自己的想法或目標構成，會透不過氣難以生存，況且那樣也不可能出現任何插曲。實際上一半是外在環境主導，因此只要對那個做出反應，人好歹就可以活下去。

按照天氣變化、培育方式這些因素去照顧，通常田地會得到七成收穫，自然有恰到好處的喜悅降臨。尋求十成卻得到七成至九成，這樣會有偶然的芳香，也有適度的怨嘆，心情恰到好處。就像收到禮物。即使收穫是零也有明年可期待。只要活著，總會有明年，甚至也可以休息到明年。

這幾年我的身心不知不覺迷失那種節奏。想必是因為沒有種田。吃自己種的食物是非常實際的行為。這麼做時，時間與腦中的思緒充分協調，就像腳踏車的兩輪合作無間。

昔日如此度過的生活，如今成了以人為主體，隨著每月生理期的來訪變得越發狹隘，現在我甚至想不起原先的狀態。

以人為主體的做法完全不像樣。本來應該一半和大自然一樣由對方採取主動，結果只有自己不斷空轉或乾燒，那樣很痛苦，於是往往只求盡快解決，或是把責任推給對方。

「美好的泥土，是溫熱的。讓人想被包覆其中。而人工化學肥料就像微波爐，雖然能夠迅速取得營養，但是溫度不均勻。所以植物也會像手冷頭熱的人類一樣，變得軟弱無力。那種差別一目了然，蔬菜的味道也會有差別。到頭來還是敵不過大自然，只要把眼光放長遠多看一段時間，這世上幾乎所有事情都可以被自然解決，人類只為了自己的方便趕時間，其實什麼也沒做。我甚至覺得虧人類還能獲准在這世上容身。」

我說。

「啊，不過別把我當成那種排斥微波爐的老古板喔。我當然也用那個，不過只拿來熱牛奶或熱飯。我很少用，用的還是中古貨。」

「佐川小姐，妳果然有趣。我完全看不懂妳。」

葉山小姐笑著說。

「我本來還想，如果妳是個討厭的女人，我就可以惡意刁難，可是現在對我來說，妳和光野先生的地位一樣。二位都給我相同的感觸。有點走投無路的味道，很悲傷，惹人憐愛，很深奧。」

「我喜歡女人。啊，我沒別的意思，是因為我媽不在了。況且總是和硬梆梆的嵯峨在一起，有時會讓我特別想念女人的聲音或笑容。不過一般女人都心機很深，愛比較，總之我很怕應付。所以才會這樣偶爾勉強自己與女人見面。現在，我就像大口喝水一樣正在拚命吸收女人味。」

我說著笑了。

「妳在講什麼啊。」

葉山小姐也笑了。

「每當我偶爾有機會交到真正的朋友時，嵯峨就會把人家趕走。這個問題還滿嚴重的。雖然我盡量不太去想這個問題。」

我說。

「這已經超乎戀愛了耶。」

葉山小姐說著，喝了一口啤酒。

我就這樣與不熟悉的人喝酒，共度時光，逗對方笑。

我想珍惜那個笑容。不是當作戰利品，而是視為同樣為嵯峨輾轉反側，永遠不會有結果的同志。

因為嵯峨追逐的，永遠只有嵯峨媽媽。

我絕對比不上嵯峨媽媽。不管活到幾歲，不管我變得多麼漂亮，不管我如何改善個性。

「聽說如果長期生活在大自然中，也會變得討厭人類是吧？在我們同事之間有種說法，據說光野先生雖然個性彆扭，卻聽得見酵母的聲音。想必妳也一樣不太喜歡和旁人打交道。」

葉山小姐說。
「這個我也不清楚。只是，那種時候如果也根據自然情況去思考，心中的狹小房間好像就會變得比較通風。然後，就可以勉強忍受這個遍地是水泥的場所。」
我老實說。
「況且我認為生育是一大主題。因為身體會隨著年齡增長自動朝那個方向發展。可是這年頭的環境不可能接二連三生小孩，所以才會把戀愛視為性命吧。還有，所謂的一夫一妻制，也是對社會方便的構造。巧妙融入了人類的嫉妒心與占有欲，是設計精妙的系統。如果我生了一大堆小孩，或許就不會這樣心心念念想著嵯峨了。我想我可能會更寬容大度地對待他。啊，能夠對人說出這些話真是太好了。」
我說。
「佐川小姐，妳講得太深奧了，還有，也太過洞澈了。請妳在各方面多留一點餘地吧。」
葉山小姐說。

「關於保留一分餘地或無用空間的好處，我媽他們也曾再三耳提面命。他們是新興宗教的信徒，所以我碰上不順的事情習慣全部訴諸言語。」

我說。

看著映現桌上植物的葡萄酒的紅與啤酒透明的黃，沒來喝酒就不可能看到這種美景，我心醉神迷，深深感謝葉山小姐。

嵯峨是那種嫌棄在外喝酒太浪費錢的人。而我只要是紅酒都喜歡，嵯峨或許也因成長環境的影響特別喜歡加州葡萄酒，碰上有好酒特價時會買來我住處喝。但我的房間狹小，喝了也不太能調劑心情。

最近嵯峨偶爾會喝醉了來找我。

那是很罕見的情形。我認為是好現象。他在宿舍和那些同事都是喝燒酒。現在，我想他肯定正與初次結交到的好哥們快活得不得了。

就像我和美紗子、葉山小姐在一起，她們的聲調及姿態，還有女性特有的善變舉止，都讓我感到莫名的安心與懷念。

媽媽——這麼喊出聲後，總是有點想哭。

雖然是把衣服穿到破爛為止的怪異母親，還是希望她活著。

希望她選擇的是我而非死亡。

想和她商量，發牢騷，觸碰她柔軟的手。我的日常生活只有嵯峨硬梆梆的肩膀與手。偶爾這樣與女孩子見面，會特別懷念年輕時的媽媽，甚至感到喘不過氣。

「媽媽，今天有什麼要做的嗎？」

我問。

總是擠滿人的小房子已變得相當寬敞。因為一下子少了兩個人。

媽媽挺直腰桿正在洗早餐用過的碗盤。我負責把盤子擦乾淨收起來。

媽媽總是穿綠色圍裙。那是平凡無奇的單薄圍裙。而且，很多地方都有像拼布一樣的補丁。這也難怪，因為打從我記事起，她就一直穿著同一件圍裙。

「嗯——今天我要在店裡工作到八點，到時候我會送點晚餐過來。」

媽媽笑吟吟說。那是宛如少女無憂無慮的笑顏。

媽媽的身材高䠷，眼睛渾圓靈動，笑起來的時候嘴唇就像大大的半月形。一直沒剪的長髮被太陽曬成褐色。眼角的魚尾紋也因住在聖多娜經常日曬變得更深。

「我和嵯峨可以自己找點東西吃，比方說麵線之類。所以媽媽什麼都不用送。還可以順便替媽媽也做點三明治什麼的。如果是鮪魚黃瓜三明治，我會做。」

我說。一邊玩弄媽媽圍裙的帶子。

「不用不用，我會送員工餐過來。你們如果肚子餓了就先吃點洋芋片。另外，幫我把洗好的衣服收進來好嗎？」

媽媽看著窗外說。

大窗外有個小陽台，我們的衣服正在藍天下飄飄飛揚。

「要洗的衣服，少了很多呢。」

媽媽說。

以前本來掛得密密麻麻。三個大人加兩個小孩的衣服就擠滿了陽台。我愛看嵯哦媽媽一邊抽菸，一邊哼著歌把衣服整整齊齊晾在竹竿上的情景。那種情景已經永遠失去了。

「嗯。」

我說。

仰望窗外的媽媽看起來很徬徨。彷彿會倏然消失在房間的牆壁中。

媽媽的眼中溢出淚水。

那是比任何嬰兒都純真的淚水。

「本來每天都有五顏六色的衣服晾曬呢。還有大男人的內褲。」

媽媽說。然後她蹲下。

我摩挲她的背部，

「嗯，減少了，很寂寞吧。」

我說。

媽媽只是哭個不停。雖然個子很高，但她看起來小得像個孩子，實在不像是能夠在這麻煩的世間悠遊自如。我很想念高松先生和嵯峨媽媽，也跟著哭了。

就算我哭了，媽媽也不會因此振作起來，嵯峨還在睡，衣服寂寞地在竹竿上飄揚，我滿腦子只想著，這種徬徨灰暗的日子到底還要過多久，我們才能去光明的場所呢？

葉山小姐纖細的肩膀，令我想起那種往事。

一旦想起，記憶的影像總在心中川流不息。

彷彿音質欠佳，聽來甜蜜又懷念的音樂。

「人的心願不知能夠實現幾分？」

我說。

「不是許什麼天大的心願，可是只要稍有不安，就會覺得絕對不可能實現。」

媽媽她們期望追隨高松先生至死的心願雖然實現了，但實際上我並不清楚他們現在是怎麼想的。是後悔？還是滿心都是達成心願的成就感，得以安心瞑目？

抽離自己的想法只憑直覺想起的媽媽總是在天國微笑。那是很美的笑顏，看得出她並不後悔。

但是如果加入自己的想法就會全部蒙上陰影。每次都會在瞬間恍然大悟——啊，原來如此，嵯峨每次滌淨的是自己的想法啊。

「一定會有寶寶的。」

葉山小姐說。

「或許要花一點時間，不管是十年或更久，失意的時候就繼續等到它降臨為止不就好了嗎？

該懷孕的時候，一夜就會中獎，況且等妳真有了寶寶，照顧起來可麻煩了，我有小外甥，所以對照顧寶寶的辛苦略知一二，到時候妳會忙得根本顧不了光野先生喔。或許要到那時候，妳才會知道很多事究竟實現了沒有。」

「嗯，我也好想變成那樣。每次看到嵯峨，就會想起兩個母親過世的場面，我想這樣或許不太好，所以很想用新的記憶覆蓋掉。其實不是每次都像連續劇的回想鏡頭那樣細細描寫。只是，看到嵯峨覺得很高興的瞬間，總覺得那個場面就像沉溺在最深處，如影隨形。如果有了寶寶，我想或許就不會再那樣，所以忍不住有點心急。」

我說。其實只有在很小很小的時候，才能在凝視嵯峨時，滿心只覺得他好可愛、惹人愛憐。之後他逐漸成了令我焦慮「萬一失去了怎麼辦」的對象。

「二位的母親是怎麼過世的我不知道，無法隨便插嘴，但我想那只能用新的記憶來覆蓋了。至少我是這麼想。」

葉山小姐眼睛炯炯發亮說。

「自己歸納出那個想法，和別人來提醒自己，有很大的不同。現在，我的心情豁然開朗。」

我說。

「所以才需要有別人在。光野先生和佐川小姐都該善加利用別人的存在。既然有如此相信別人甘願為他過世的母親，那就更不用說了。你們兩人有點像。彷彿這世上根本不存在別人，彷彿你們指望的東西不在這世上，氛圍很寂寞。正因如此，你們要在一起，不斷用更多新的記憶覆蓋往事。因為人只能把握現在。將來我會去看你們的寶寶，等我結婚有了小孩也會去找你們玩。」

葉山小姐說。

「不，那種地步的來往，老實說太麻煩了。萬一妳對他舊情復燃也很傷腦筋。」

我說。

「不過，妳的心意我很高興。也很高興妳對我有興趣，能夠這樣一起喝酒，也很開心。」

葉山小姐大笑說我太誠實，然後她說：

「那就改天在路上相逢吧。在麵包店，或路上。」

唯有彼此牽著小孩在路上偶遇的場景，在我腦海宛如真實的記憶留存。

我覺得，這個畫面有種像麵包一樣的香味。

為什麼呢？總覺得新事物全都是幻影。我已無法像昔日那樣與人一起生活，肯定也無法再忍受有女人在身邊的生活。我暗想。所以葉山小姐的鮮活動作讓我很開心。那一瞬間會讓我感到，我的人生並非只有鬼魂，並非只有過去種種。

「和女孩子聊天，真的很愉快。謝謝。」

我說。

「請別說這種唐突又過度誠實的感想。」

葉山小姐笑了。

「今後如果來麵包店光顧，請喊我一聲。」

「可以把吐司邊給我嗎？我喜歡把那個炸得酥酥脆脆。不過那個吃了會胖，所以我不敢吃太多。」

我說。

「隨時可以給妳。只要妳事先打個電話，我會幫妳留起來。」

葉山小姐說。

在我們這樣對話之際，店內的人們也在講話，宛如泡沫的聲音嗶嗶剝剝響起。

那種熱鬧的氣氛，令我忘記竹竿上寥寥無幾的衣物飛揚的悲傷場景。

在這城市中，能夠打招呼的人又多了一個。這就是定居。這樣相識後，各種國家的各種人從我們面前走過。無關寂寞或悲傷，就像風景流逝那樣自然流過。雖不知我們會在這城市待多久，但是多了一個朋友還是讓我微微欣喜。

那晚，嵯峨聲稱發現超級懷念的東西，帶來給我看，那是我們的母親們還年輕時的影像。嵯峨整理房間時發現錄影帶，請人拷貝成ＤＶＤ，小心翼翼地藏在懷中帶來。

我喝了葡萄酒醉得昏昏入睡，嵯峨進來時我如在夢中。連今夕是何夕，自己身在何處都分不清楚。

之前正好想起我媽，我心想時機可真巧。有時碰上這樣心有靈犀的日子，會確實感到我們心手相連，感覺好幸福。

我沒有特別提起與葉山小姐去喝酒的事。

「看影片吧，看影片吧。」

我說著開燈。

播放後，懷念的聲音一一傳來。

在聖多娜的民宿廚房，每日一再重複的平凡對話，酒杯相互碰撞的清脆聲音（因為嵯峨媽媽總是一次拿好幾個杯子），沾醬（通常是番茄莎莎醬或大蒜味噌醬）與手工麵包。窗口射入令人懷念的強烈陽光，以及陽光照耀下的年輕的母親們。那是高松先生還很健康時的快樂年代。他們逐一放大，展現笑顏與靦腆。小嵯峨在房間角落看書，和現在一樣板著臉。而我和現在一樣，神色茫然地吃麵包。高松先生以前每每取笑我：「真子吃東西時總是恍恍惚惚看著遠方呢。」

「這些人難道不認為人生本就有苦有樂嗎？」

「如果有一天，我們遭遇某種巨大的變故時，也會想自殺嗎？」

我說。

嵯峨沉默。

過了一會，他說：

「我媽他們絕對不會對我們施加那種詛咒。我們身上沒有殘留那種東西。不如說就是因為我們活著，他們才能死去。」

「真是一群任性的人。丟下課題給我們。」

我說。

「雖然很少在我們面前流露痛苦，但他們大概已到極限了吧。」

嵯峨說。我認為他這句話非常體貼。

「如果我們當時年紀再大一點，或許可以陪他們商量，或是在金錢方面出一把力。」

我說。這點不管想了多少次還是很傷感。因為當時的我們，完全不了解具體問題。就算有心幫忙，但是該如何幫忙也只停留在想法，無法與現實狀況連結。然後我又說：

「我們這樣期盼母親在天國幸福，神一定不會把我們當成壞孩子。如果真有神的話。」

「我現在更喜歡高松先生了。我看了他寫的書。以前，我一直以為他是個很會招搖撞騙的大叔。

我媽是美女，我以前懷疑他只是來追求我媽。但我現在深深明白，那樣的大人有多麼辛苦。

就像我每天烤麵包，酵母是活的，所以烤出的成果各有不同。我的舌頭每天都不同。天氣也不同，烤箱的熱度也會受到季節影響。我一點都不覺得無聊，反而有種進入千變萬化世界的喜悅。不過，麵包以外的事情總是會干擾我。如此一來，會希望只考慮麵包的問題就好，姑且先這麼做做看吧——高松先生就是這樣的大人。我漸漸覺得很想繼承他那種拗脾氣。他們的生活方式雖然有點極端，卻無法被否定。況且，妳媽媽也沒有堅強到能夠靠她一個人把我們撫養長大。當時她不是還被奇怪的美國老男人追求嗎？我想那最讓妳媽媽在精神上受折磨。那個有房子的老光棍，還說願意接納我們這兩個小孩。」

嵯峨說。我點點頭，說：

「對，那人死纏爛打。真的很會糾纏。」

我媽最討厭別人緊迫盯人，但那個男人聲稱願意給她金錢、空間，以及跟小孩一起生活的權利……相當霸道地送花、請吃飯，送衣服。

他是我們居住的小部落最有錢的人。

身為高松先生遠親的民宿老闆及他身邊的人當然護著我媽，也會照顧我倆，但是對種種事情的潔癖已令我媽陷入多疑的狀態，那些人的善意無法融化她的心，她已不太能感受到那種親切。

我們位於民宿後面的住處旁就住著那個男人的前妻與跟班，那群人對我媽做了很多刁難的舉動讓她在村子待不下去。比方說故意讓她去打掃堵塞的廁所，丟一大堆垃圾在我家門口，在超市排隊結帳時故意插隊搶在她前面。

我媽總是為此哭泣。她說人們的惡意太執拗，她提不起力氣戰鬥，她已經累了。

儘管我再三表明我可以幫她，儘管嵯峨拍撫她的背部安慰她，有些夜晚她還是像吠叫般痛哭不止。我非常徬徨無助。明明就待在旁邊卻覺得好寂寞。

我媽哭著說，一個人根本無法撫養小孩。

每次我都很難過自己的年紀還是個必須靠人撫養的小孩。只要跟我說，我什麼都可以做，我可以和大人一樣什麼都做。

這種時候，對於那個一直聲稱會在經濟與精神上給予支持的男人，她開始稍微敞開心扉。她或許以為那也是個解決方法。雖然我與嵯峨堅決不願意，但一個女人要生活，既然有人條件這麼好，且願意代為解決我們的國籍、養育費等等問題，還附帶可以搬到大房子住的條件，善良單純的媽媽想必相當心動。

她和那個人本來都是白天或在店裡見面，有一次被他再三糾纏，於是破例答應晚上約會，結果媽媽好像在車上遭到強暴。她狀態非常嚇人地回來，躲進浴室就不肯出來，當時的我和嵯峨都不太理解發生了什麼事。後來我們知道了。在美國的鄉下，她自己答應約會，夜晚上了對方的車，而且說不定媽媽自己也有點自暴自棄地想過和對方更進一步也無所謂，所以發生那種事或許怪不得旁人。

媽媽的個性之中本就有這種軟弱。一直小心培養、守護她美好善良的那一面不去破壞的，我想是高松先生與嵯峨媽媽。

那個男人周遭的人都是他前妻的朋友，因此開始不停欺負我媽。到處散播日本女人勾引他做愛的流言，那個男人也更加得意忘形地追逐我媽。

想起那段遭遇，至今心頭仍為憤怒與悲傷顫抖。

媽媽很膽小，從來不敢說別人壞話，因此她把一切都悶在自己心裡。最後她爆發了。名符其實的爆發。

「美國那種不管他人死活的人，真的是徹底的冷血無情。為什麼我們當時無法保護她呢？」

嵯峨說。

「我們已經盡力了，也試著保護她。那種狀況實在不是我媽那麼纖細敏感的人能夠承受的。」

我說。

「我還是無法接受她尋死。還有我媽也是，哪怕是生病也好，我都希望她能活到最後一刻。」

嵯峨說。

「這點我其實也是。我很想念我媽。為什麼就死了呢？好想阻止她。好想阻止她跟她大吵一架。好想把她送進醫院。若是現在就可以，可是當時那個年齡根本做不到。」

我說。我的聲音變回小孩子。

「無論他們是抱著多麼開朗的心情、多麼深愛我們的情況下離開人世，或者無論活著有多麼困難，我們還是很悲傷。因為他們不肯堅持到最後一刻，不肯和我們多相處一天。如果是嵯峨死了，我想我肯定也會覺得自己活不下去。但是身體還活著。只要活著，就算用爬的，我也會撐到下一天。」

「如果妳死了我應該也會那樣吧。雖然我不願去想。」

嵯峨說。

「我們要活久一點喔。彼此的死亡時間最好頂多只相差一年。」

我說。

「女人的壽命本來就比較長……」

嵯峨說。他講這句話時表情真的很悲傷，令我心痛不已，同時對現在的每一天也充滿感激。這麼美好的日子居然還能繼續下去，我想，活著果然是值得的。

明天和後天都能見到嵯峨。

這是多麼奢侈啊。

觀看那種幸福的視角就像飛鳥一樣居高臨下，讓我霍然一驚。我果然來到幸福的場所。在不知不覺中。

我頭一次認真地想，以前怎麼會那麼想不開呢？

給嵯峨

唯獨留下你這件事，讓我心如刀割。

但你還有另一個母親，也有宛如親姊姊的真子，如果早點與真子結婚，你們三人會更像一家人，我想肯定沒問題。我很樂觀。

上次談話時，你對我說反正快死了，不如活到死為止，當時我笑了。

比起害怕病情會如何惡化，哪怕是片刻我也不願讓史郎一個人孤孤單單，雖然我並不知道在另一個世界是否能夠立刻與他重逢。

萬一天堂有男女之別或年齡之分該怎麼辦？

沒去過之前誰也不知道，等我去了若能聯絡我再通知你！

我喜歡鳥，可以的話我想變成鳥，所以我肯定會託付飛鳥傳話。

如果鳥向你傳達了什麼，那就是媽媽從未來世界給你的訊息喔。

我愛你。

把你託付給別人自己先走雖然有點不放心，但我的一生並不可悲，現在我覺得很痛快。

我討厭醫院，尤其討厭日本的醫院。簡直讓人窒息。不過，這麼開朗的我，就算沒錢只能去擠六人病房肯定也會擁有快樂的一席之地。鐵定也能找到安寧病房，和醫生護士成為朋友，開開心心離去。

問題是，我不想那麼努力了。反正已走到生命的盡頭，很痛，很苦，腹部還會積水。這次我只想安安靜靜。那對於一直在逗別人開心的我而言，是無上的奢侈。

不過仔細想想保險的問題，現在已超過居留期限成了非法居留的我，恐怕遲早都得回日本住院才行。

但我並不希望大家也跟著回去，讓你們照顧我，替我買藥做這個做那個，我真的不想再那樣了。

我怕麻煩，真的，很抱歉。

比起你，我更擔心佐川太太母女，所以你要保護她們喔。

即便我不在了，季節依然更迭，樹木依然美麗，還是有很多好事等著你喔！你可以盡情期待。

我先走了。

有子

嵯峨偶爾會仰望天空，追逐飛鳥的蹤影。

鳥也喜歡嵯峨。任何鳥都喜歡嵯峨。

嵯峨說，將來想和大鸚鵡一起生活。和有寶寶一樣，那也是我們的夢想。我們說好了要住在可以讓鸚鵡大聲聒噪也沒關係的地方。

某次搭乘電車，停車時突然從打開的車門鑽進一隻鸚鵡，停在嵯峨肩上。無論鴿子、麻雀、塘鵝、孔雀，通通願意親近嵯峨。嵯峨看鳥時，聽鳥鳴時，想必正在聽嵯峨媽媽給他的訊息吧，於是我也豎耳傾聽。

我什麼都聽不見，但嵯峨媽媽的笑顏在心中擴大。那是活潑爽朗的美麗容顏。

「最近傳出不少妳的風言風語妳知道嗎?我們想跟妳聊一下。」

熱愛八卦的水野學姊與田中學姊憂心忡忡地過來,圍著我坐下。我從學校食堂的咖啡與起司蛋糕,還有書本一抬起頭,水野學姊便這麼說。末長教授那堂課最花枝招展的幾個學生組成了一個小團體,水野學姊就是其中的領袖人物,也是最漂亮的一個。去年我們曾一起上台表演。她女扮男裝,我飾演她的戀人。

很不可思議的是,現在也會有點傷感。她的身材高眺,鼻子高挺,肩膀勾勒出漂亮俐落的線條,看到她總會讓我忍不住暗想,這是我的舊情人啊。

「有小道消息說妳和教授有特殊關係。」

田中學姊說。

「難道有輪流發話的規矩?」

我說。

「那我這邊少了一個人,我把美紗子也叫來吧。」

妳們是小學生嗎?拜託少來這一套……或者該說,去老娘不在的地方隨妳們搞一輩子吧。我忍不住用這年頭流行的低俗說話方式暗自在心中嘀咕。

當然，女大學生談不上多大的危害。因為不會涉及金錢問題，我暗忖。所以我壓根不以為意。

但是背後還是有點發涼。

因為我覺得如果得意忘形，有可能像我媽一樣最後遭到強暴欺凌。

媽媽到底在怕什麼？偶爾我會這麼思考。有些事要長大之後才懂。她突然失去兩個同住的成年好友，變得形單影隻。而且她不想回日本，就算緊巴不放，也想住在那簡陋小屋做那份工作。況且她對成年男人的追求也不太習慣。她害怕以及不願失去的東西非常多。

如果真到了逼不得已時我可以休學。還有嵯峨在，所以我才能這麼強硬。其實我並非特別強大的人。

「倒也不是要輪流逼問妳，應該說大家都對妳很好奇。」

水野學姊說。

「只不過，我覺得妳很可憐，所以想跟妳談談……可以吧？聽說妳父母都過世了？還在教授喜歡的亞利桑那州住過？」

看來到了領袖人物個人秀的時間了，我暗想。

她們是選修末長教授這堂課的學姊。大四生不可能上台演出，但她們動不動就想掌控課堂。教授好歹是在雜誌及電視出現的次文化圈名人，因此參加公開課也會跟著一起上電視。好像就是因為這個緣故，她們處心積慮想接近教授。

「我勸妳最好別叫美紗子過來。不是說過了嗎，傳言妳是因為末長教授的青睞才被欽點為主角，據說美紗子很不滿。我是直接聽美紗子說的，所以絕對不會錯。美紗子還說妳有未婚夫，是真的嗎？」

我默默聆聽。

美紗子不是那種會嫉妒旁人的人。

但她是那種如果被人問起就會對答如流的人，所以未婚夫云云大概是真的，然後，水野集團再自行加油添醋就完成這個故事。我當下如此推測。水野學姊雖然嘴上那樣說，眼睛卻閃閃發亮看起來真的很幸災樂禍。這種時候，人類散發的熱氣令我窒息。

如果像迴避香菸的煙霧般一再迴避這種東西，最後即使是一點點煙也會變得很敏感，高松先生不就是因此才避世隱居，嵯峨媽媽生病，我媽也死掉了。

因為他們傻氣地只想做溫柔的好人。

我想起媽媽遭到欺凌，附近空蕩蕩的咖啡屋明明座位很多卻故意叫她坐在廁所旁邊。那些鄰居還故意每次都敞開廁所門走出去。每次，都是我媽過去把門關上。

那種時候她總是高高抬起頭，像要強調我不哭，我不在意。

被有錢人看上，遭到鎮上所有單身女人嫉妒是她倒楣。

我們在當地頗受矚目（就負面意義而言）。朋友橫死，帶著兩個小孩，單身，舉目無親，個性溫婉，穿著樸素的衣服也掩不住天生麗質，這樣的媽媽不可能安然無事。

她的反應很慢，種田頂多只能幫點小忙；說到幫忙，她最拿手的是拿筷子夾起害蟲裝進塑膠袋，至於做家事，她連換個燈泡都很勉強。踩在梯子上會向後翻，釘子會敲歪，鐵鍋每次都被她燒焦。她只能靠著替嵯峨媽媽打下手勉強取得生存，她一直是個大小姐。

在異鄉失去親人的孤兒，不是嵯峨，反倒是我媽。

「是真的。我馬上就會結婚休學，或者等到一畢業就結婚，總之不管怎樣，如果我懷孕就無法上台表演，老師大概是顧慮到這點才讓我當主角。」

我淡然表示。

「妳還這麼年輕，就要在學生時代結婚？妳家很有錢？」

可是妳穿的衣服這麼寒酸——水野學姊雖然沒這麼說，眼神卻清楚如此表明。因為她一直盯著我的舊運動衫有點磨破的袖口。

「不是，只是因為我父母過世得早，我又是獨生女，所以我想趕快有自己的家庭。」

我說。

「天啊，好可憐。」

水野學姊蹙起美麗的雙眉說。

我很想說，所以我絕非妳們的敵人。不過末長教授經常誇獎我的演技，還把我推薦給找他寫劇本的劇團，也難怪學姊們吃味。

如果用這種食物卑鄙地餵養靈魂，靈魂肯定會磨滅。不知道這點真是太可憐了。靈魂靠著污穢的食物維生會變成餓鬼，更想漁獵垃圾。雖然看似微不足道的小事，卻會積少成多匯聚為一股趨勢。即使畢業後她們現在的小團體解散，還是會物以類聚繼續和同樣的人做同樣的事。於是時間就此停滯。那樣的人生很可悲，不過隨時有可能起死回生來個大逆轉，所以加油吧！我在心中默默想。然後我說：

「我也不是那麼不通人情世故。就算在校慶演出活動擔任當主角，或者受邀去業餘劇團客串演出，也不過如此而已。我不會自以為是女明星。這種狀況根本不值得嫉妒。」

「哎喲，瞧妳這是什麼說話態度！」

在旁邊當配角一直保持沉默的田中學姊眼神驚詫地說。

我喜歡演戲。那能夠讓我忘記一切。可是一旦走下舞台，麻煩也會這樣增添數倍。「表演」這個行為中，肯定潛藏著什麼東西讓人按捺不住吧。

如果我真的有天分，那它自然會提拔我出頭，如果我沒有天分，對這社會派不上用場，老天爺也自然會讓我停止吧。

我只是覺得，如果我身上真有什麼東西足以受到如此矚目，那我不妨試試看吧。

而且要多想美好的事物，這麼想著，我在心底不斷吟詠去年和這位容貌美麗的水野學姊扮演情侶時演出的詩歌。

瓦拉奇[2]已遠去
星星正閃爍
一閃一閃　亮晶晶

已遠去　太陽的瓦拉奇（三顆星）
徹夜步行　徹夜步行　太陽的瓦拉奇喲
曾活在這世界的　太陽的瓦拉奇喲
曾活在這世上的　太陽的瓦拉奇喲

當時，我記得水野學姊還在舞台上緊緊擁抱我。

這是除了我媽之外，第一次有女人擁抱我，讓我不由自主從排練到正式演出每次都有點想哭。或許將來有一天水野學姊也會成為母親緊緊擁抱某人，說不定她會壞心眼地養育那孩子，但想必比起惡意更有百倍的慈愛。

被惡意養大的孩子，會理解母親的百倍慈愛，理解緊緊擁抱他的舉動嗎？

這麼一想，我忽然意興闌珊，懶得計較了。

---

2 瓦拉奇（huarache）：墨西哥特有的編織涼鞋。

我想到詩的內容。

我想像撫養我們的那三人的靈魂在燦爛宇宙中發光的情景，心中的迷霧頓時遠去。如同流星，畫出美麗的弧線。

「其實我媽也死了。所以我總是和女人混在一起。因為我覺得寂寞。在我們這個年齡，沒有父母的人並不多，不是嗎？大家都有大把時間與父母共度。」

田中學姊忽然開口。接著她又說：

「佐川學妹真是個怪胎，不過既然已經有感情這麼好的未婚夫，對我們就沒有威脅了。我是說真的。不過，受到教授青睞令人有點羨慕。好像擁有我們缺少的東西。」

「妳講話好直接。」

我瞪眼驚訝地說。

「這是我唯一的優點。況且已經沒有母親會提醒我注意這種說話方式了。」

田中學姊說。田中學姊肯對我說真心話讓我有點高興。她沒有看水野學姊的臉色，只是做為一個人，講出自己的心聲。我點點頭說：

「我媽死後我回到日本，從此搭乘電車前就可以預感是否將有臥軌事件發生。有那種預感時我會改搭下一班電車或另一條路線的電車。結果，我本該搭乘的那班電車果然有人臥軌自殺。有段時期我甚至認真想過，既然我有這種能力是否也能阻止悲劇發生？但我不可能沿路盯著每個月台，我自己的人生也沒有精彩得足以說服別人不要尋短，所以就只是能夠預感而已。

我想，八成是因為我理解了我媽死前發射出的電波之類的東西吧。所以能夠感應到想死的人提前發射出的訊息。

而且，當我看到悲慘的新聞，或是在網路上不經意瞄到死者穿的衣服顏色，倒也不是感情代入，只是不免總會回想往事。我媽那天早晨穿的衣服和死掉的她穿的衣服完全一樣，為什麼內容物卻早晚截然不同？所以我自認對這點也很好奇。」

「妳幹嘛講這麼詭異的話。這跟我講的內容有什麼關聯嗎？」

田中學姊一臉困惑說。

水野學姊美麗的臉孔也蒙上陰影。

「嗯，所以，我不希望美紗子變成那樣……我想她應該不會。況且，我也不會自殺，嗯——我到底想說什麼啊。日本不是天天都有人臥軌自殺嗎？我認為那樣太奇怪了。」

我不管三七二十一繼續那個話題。

「這個我理解。因為我也這麼認為。我們都不希望發生那種悲劇。」

水野學姊說。接著她又說：

「為了盡可能減少那種悲劇，現在我衷心期盼，我們的對話能夠解開誤會。我想掃除心中的鬱悶。」

「的確，這社會太奇怪了。恕我再次聲明，自從我媽死後——她不是自殺，是生病——對於自殺的人，我很想說，你不想要的話就把命給我媽吧。」

田中學姊說。田中學姊的神色比剛才好多了。我想，田中學姊的母親和她的長相一定很像吧。我感到，詩歌帶來的清新空氣將我與田中學姊在一瞬間倏然帶往同一個場所。

那是沒媽媽的孩子聚集的形似高原的場所。

感覺上，這樣的孩子們手牽手，仰望天空。

只要還有人類，必然有一個地方可以讓某人與我一樣。

「我們現在四年級很清閒，又有就業的壓力，簡而言之就是很嫉妒佐川學妹妳前途光明又無牽無掛，不過我們並沒有什麼想殺人的深仇大恨。現在又發現田中同學和妳的共通點，心裡的鬱悶稍微消失了。」

水野學姊像要做結論似地說。

「如果，我真的擁有妳們沒有的東西，我是抱著什麼心情得到的，若妳們肯稍微替我想像一下我會很感激。」

我說。

「我對那個才沒興趣咧，自己的事情都忙不過來了，況且人生就是要及時行樂嘛。」

水野學姊說。她說得坦然自若毫無殺氣，我甚至對她那種颯爽風範產生好感。

「妳的事情也是，只是嘴上說說，其實像吃點小零嘴一樣。都是美紗子誇大其詞四處散播。妳安心啦。我們只是覺得事情變得有點麻煩才直接找妳談談。不過，我現在很慶幸和妳談過。」

「怎麼可能安心。人類太可怕了。」

我笑了。兩人也笑了。

意外地，並未留下任何不快。

「我發現率直的溝通也有值得學習之處。」

我說。

「我也是，意外發現原來可以愉快地對話。即便是和無法理解的對象。和妳說話，因為彼此的世界差異太大好像節奏都跟不上。有點荒腔走板。現在我甚至認為，說不定，讓我生氣的其實是美紗子。她簡直是見人說人話，見鬼說鬼話。那我們走了，抱歉喔，打擾妳一個人的美好時光。」

水野學姊還是用那種微微散發惡意的態度說話，然後帶著田中學姊揚長而去。彷彿她們是居住在惡意遊戲的菜園蔬菜。

我想，偶爾那種遊戲也會殺死軟弱的人。軟弱的人不會殺人只會殺死自己。就算當事人不知道自己間接殺了某人，只要還活著，就會在無意識的世界一輩子背負那個罪孽。

現在，撇開太喜歡我媽的那個男人不談，想到那些欺負我媽的人不知正過著什麼樣的人生，就會心情黯淡。我在想，不知他們時時刻刻背負什麼樣的重擔。就算他們徹底忘記，過著愉快的生活，肯定仍有如霧似靄籠罩那些人的東西，那讓我毛骨悚然。

我相信，天空星星太陽肯定還是平等照亮我們每一個人。就算我不原諒，世界也原諒了她們。

詩的暖意仍籠罩著我。

兩位學姊並不知道我動用詩的力量。

我這麼想著，沉浸在自我滿足中。

只要我還活著，就會和嵯峨一樣引人注目。

我的異樣經歷發出的光芒好似蛞蝓留下的痕跡。起初我以為那或許只是我對自己過度關注所產生的錯覺，但我一年比一年明白那並非錯覺。人們用有個性、與眾不同這種好聽的說法把我和嵯峨不動聲色地吊起。嵯峨說那種時候只要說他住在孤兒院對方就會被嚇退。他說然後他就能夠心平氣和了。至於我，一邊散發出有點惹眼的五官和寒酸的服裝和奇妙深奧的氣質這種最危險的組合，一邊卻很普通地混入女學生之間，想必更加難以施展手腳。

肚子沉沉的有下墜感。我知道，八成是生理期快到了。……也就是說寶寶還是沒有降臨。因為已決心在舞台上好好加油，所以我稍感安心，又有點悲哀。巨大的變化還沒來嗎？

這個月我也將一邊在夢中窺視峽谷，一邊繼續看著一如往常的風景。

「偶爾會想到『艾洛特咖啡屋』耶。我想去那裡。若是為了去那裡吃飯，我想我應該可以鼓起勇氣去聖多娜。」

我說。

嵯峨瞠目。

「怎麼突然說這個？而且居然提到吃的？簡直太不像妳了。妳是不是中了什麼邪？」

「如果是中邪，那大概是中了『艾洛特咖啡屋』那道玉米料理的邪。只要一想起那清爽的風味，每次都會心口疼痛。」

我說。

那間店和某飯店緊靠在一起，雖然名稱是咖啡店其實是道地的餐廳。是聖多娜這種鄉下地方唯一有人排隊的店，傍晚五點開始營業，四點左右就得去排隊。

夕陽美麗地射入店內，雖有這麼多人排隊，桌子之間的距離卻很寬敞，餐廳的裝潢是墨西哥厚重華麗的風格，充滿清潔感。

店員雖忙碌但態度並不倉皇。工作俐落，含笑迎客，最重要的是他們都對餐廳引以為傲。

就算有再多人排隊，也絕對不會趕客人走。

彷彿知道今天對任何客人而言都是僅此一日的盛會，店員的舉手投足非常慷慨大方。

我們阮囊羞澀因此很少去，不過我記得碰上生日或紀念日時，我們會一早就去排隊，精神抖擻開開心心地度過。那是當你在特別的日子去光顧絕對不會失望的餐廳。

大家毫不焦躁只是興奮地在外面乖乖排隊的情景我也很喜歡。馬上就能走進那個有著大窗的美麗餐廳，在堅硬木料做成的大桌前坐下，接受誠心誠意的服務，享用細心烹調的美食，望著春日遲暮的世界，夕陽餘暉中的美麗遠山與天空，那種興奮的氛圍總是如魔法充斥周遭。

廚師是個身材高大、手也很大的帥哥，每次去他都會來桌邊打招呼。對我們這個古怪的日本家族非常體貼。

店內的招牌菜是艾洛特（elote）這道用玉米做成的前菜，有美乃滋、萊姆、辣椒、雞湯等等複雜的味道，略帶溫熱。

各種滋味充滿官能感互相烘托，好吃得幾乎令人暈厥。味道越吃越深奧，充滿不可思議的魅力。再加上美好的場所與服務，於是產生了魔法。

記憶中最幸福最溫暖的夜晚，我認為就是「艾洛特咖啡屋」帶給我們的。

「我也很喜歡艾洛特咖啡屋，但我想去氣氛更輕鬆的那家，以前我們經常去吃早餐的『橡木溪印地安咖啡屋』。感覺自己超級不幸時，我經常想到那裡。渴望在那美好的氣氛中喝點什麼。大概是類似那種感覺？」

「對對對。我當然也超愛那家。在這世上我所知道的咖啡店中，那是我的最愛。那種美妙的咖啡香氣，美味的蔬果冰沙，簡單的早餐，還有販賣部賣的蔬菜以及美味的食材。」

記得那裡的貨架上好像也有賣我們最愛的松子乳霜。

有一次，嵯峨媽媽在手上塗滿乳霜，隔壁桌的人說：

「這味道真好聞，是松子乳霜吧。聞到那個氣味就覺得很幸福……謝謝。」

那個人的裝扮清爽，兩眼炯炯有神。那個青年為我們這種素不相識的外國人留下一輩子都記得的小小幸福回憶。在那家咖啡屋，到處都有這樣點點滴滴的奇蹟發生。

咖啡屋內經常瀰漫烘烤美食的香氣，員工們看起來很幸福，只賣最新鮮的材料……也販售艾洛特咖啡屋的食譜，所以大人們都說兩家美味餐廳肯定關係很好。因為太常去，我反倒沒什麼特別感覺，但我媽和嵯峨媽媽，還有高松先生去那裡時好像都有點興奮。那是大人們最喜歡的地方。當時我們還是小孩所以不喝咖啡，如果是現在，肯定能感受到深深的幸福吧。

「那種生活真的充滿美好事物呢。」

嵯峨說。

這是嵯峨第一次露出率真的笑臉這麼說，我暗自吃了一驚。

我想任由他這樣，我想繼續品味他的笑臉，於是我佯裝不知，點頭同意。然後我說：

「是啊。藏在壞事背後的好事逐一浮現，足以令傷痕淡去，讓我逐漸明白。在我長大之後。欸，能夠這樣親眼記錄一切真是太好了。我很慶幸自己來到人間。我慶幸自己能夠記住高松先生和我媽她們。」

嵯峨微微頷首。

「我認為妳現在說的也算是標準的祈禱。回憶也是一種祈禱喔。就算沒有任何人記得，在宇宙中還是會兀自浮現。」

這樣傷痕累累、空有理論毫無實踐能力、不善生存、無論怎麼努力總在狀況外的我們此刻活著的事實，刻印在空間中。懷抱著又羞愧又驕傲的心情，偶爾我會如此試想。其實一切都不算什麼，人生不如意十常八九。只不過是自己一直耿耿於懷感到羞愧罷了。

「教授，我這個月沒懷孕。」
我敲敲研究室的門，一開門立刻這麼報告。
「搞什麼，說的好像是我要讓妳懷孕似的，別嚇我好嗎。」
末長教授噗哧一笑說。果然他手裡又拿著書。今天是定居法國的俄國知名鋼琴家阿方納西耶夫內容特異的詩集。上次教授曾借我看過所以我知道內容。碰上喜歡的詩集，教授會反覆閱讀甚至倒背如流。上課時還會背誦給我們聽。
「如果和教授聊了半天之後才提起我會不好意思，乾脆劈頭先說。」
我說。我非常傷心，就像喪禮之後的心情。因為直到昨天還以為在肚子裡一起生活的寶寶，這個月還是見不到面。我潸然落淚，語帶顫抖。
「我很遺憾。」
「好了，妳先坐下。」
末長教授從茶壺倒了杯紅茶，放在我面前。
杯子上有可愛的土狼圖案。我暗想，這是多麼和平啊。與書本有關的人特有的和平，總讓我聯想到從未見過的爸爸，與溫柔的媽媽溫柔地談戀愛然後直接結婚，孕育了我。看到照片中的爸爸把臉貼著襁褓中的我，我總是熱淚盈眶。

「能否請教授轉告您那位看了我演的戲，對您說希望我在春天上演的戲劇飾演主要配角的大學老友，如果不嫌棄我的話，我願意試試看。」

「啊？妳同意了？那他們一定很高興。」

末長教授說。

「既然決定要演，我會好好演。哪怕是休學，無法打工，甚至懷孕。」

我說。

「那是一群愛詩的成年人認真經營的劇團，甚至也有固定的粉絲，所以某些部分並不輕鬆，而且妳這個外來者一下子就當主要配角，我想八成會像水野同學他們現在到處議論那樣，招來一些嫉妒，但我認為那無所謂。劇團的人年紀都大了，需要年輕的新血加入。實際上主角是我的同學，第一配角是妳，另外朋友的兒子和孫子也會登場。我認為那是對外來的客場演員態度非常開放的劇團。雖然幾乎都是自費參加，不過還是會提供一點演出酬勞，而且大家都喜歡詩，深受美州原住民的世界觀吸引，但氣氛絕對和那種狂熱教派不同。妳去試試看肯定有好處。妳本來就有那種家庭背景，況且最重要的是，舞台上的妳和平時大不相同。看起來氣勢非常強。」

末長教授開心地說。

「我一直很討厭引人注目。因為對於人的可怕，我已透徹了解。不過，我還是想試試看。我並沒有那麼漂亮，像我這種程度的長相滿街多得是。但是，我的氣質的確有點與眾不同。但願這點能夠派上用場，幫助別人。」

我說。

「我不管做什麼都是半調子，每次只是在空想，實際上絲毫沒有朝理想接近，我想我頂多只能做戀人的賢內助或孩子的好媽媽。我只適合做那種事。

他是那種能夠成為真正麵包師傅的人，也可以毫不妥協地種田。而我像我媽，什麼都不會。只會優柔寡斷自尋煩惱。不過，如果因為這樣就什麼都不做，將來有一天肯定會拖累嵯峨。如果我不這樣找點別的事情做，我想對他來說我會變成太沉重的包袱。」

「我經常看到你們在一起，他的名字叫做嵯峨？」

教授的眼光像父親一樣慈愛，如此說道。

從別人口中聽到嵯峨的名字，總讓我感到甜蜜又驕傲。

「是的。」

我說。

「我認為，你們是天作之合。這年頭，已經聽不到這種故事了。我支持你們。我也經常被人批評。他們說我受到特定年代的影響太深，叫我要活在現代。不過，你們應該為自己的身世背景感到驕傲，受到成長環境的影響是應該的。我希望你們繼續這樣率直地活下去。因為這樣也能鼓勵到我。」

教授說。在無數書本的圍繞下。

「是。」

我微笑。

我與教授不僅興趣相同，而且是理解彼此生存方式的同志——這麼說即使被無法理解的人想歪也沒辦法。但是重點必須先釐清。就算別人說要介紹男孩子給我，我也沒有做過曖昧的答覆。哪怕是在嵯峨學習做麵包好幾年都不在身旁時，哪怕那時候我寂寞得幾乎發狂。

我從未想過和嵯峨以外的任何人共度人生。即使我在週日的下午，獨自守在窗邊哭了一整天。

我就挑明了說吧。我沒興趣，我不想把時間那樣浪費掉。即使這樣多少會傷害現代迷惘的人們，即使會被那些人——像我這些年屢次經歷的——破口大罵說我是醜八怪窮酸鬼。

「妳為什麼這麼急著要孩子？」

末長教授問。

「說不定是因為我心裡隱約期望，死去的母親或撫養我長大的親人能夠投胎轉世。」

我說。

「關於妳的身世背景，之前我略有耳聞……。但我認為，若只是為了妳的親人投胎轉世，那妳不用生孩子了。」

末長教授說。

「我知道那樣會讓妳覺得完成哀悼的儀式，而且妳一直把那個當成人生的重心，所以我不會莽撞地說什麼妳應該忘記過去重新走妳自己的路云云。我認為安靜悼念家人的人生當然也沒什麼不好。

但是，既然活著，還是去看看新事物較有趣。至於嬰兒，本就是全新無垢。即使真的是妳的親人投胎轉世，在同樣的位置有痣或有傷痕，所謂的嬰兒，還是要全新開始才叫做嬰兒。

我內人曾經流產二次，一度已經臨盆，生出來卻是死胎。的確，我們現在的孩子和當時夭折的嬰兒在同樣的位置都有瘀青。儘管如此我們也不會把當時的眼淚和現在的育兒生活重疊。實際上，也沒那個閒功夫去重疊。

　而且，如果有了孩子，想必便可以更重大更正面的意義回顧過去。昔日那段有大人在，自己仍是小孩，大家都看著自己兩人露出笑顏的歲月，將會以一模一樣卻又嶄新的形式重現眼前。

　或許妳的人生遭遇的確很悲慘。但是，妳是在關愛中長大。妳從親人那裡得到遠比一般人更深厚的關愛。正因如此妳才能夠明晰思考也才能夠痛苦，不是嗎？

　妳或許把戀人視為命中注定不可分離，就像一個豆莢內的花生，是不可抗拒的安排，但如果那個人真的跟妳個性不合，身為大人的我認為，妳早就不會跟他在一起。

　和真正心意契合的人，從很小很小的時候就認識，湊巧一同經歷了大事……無論是好的，或壞的。那絕非壞事。不如說，我認為是稀有的珍寶。

　妳該把過去的故事忘記了，正常經營現在只屬於你倆的故事就好。當然，身為守墓人，也不要忘記哀悼你們愛過的人。

想必和現在只屬於你倆的故事相比，你們背負了過於強烈、無論去哪裡講給誰聽都會令人震驚的過往故事，所以才會對你們年輕渺小的故事失去自信吧。但是，小聲訴說的故事又有什麼不好？只要那是你們自己擁有的。或許有一天，過去的故事和現在的故事會合而為一。那就是人生，人生就是這樣創造下去的，雖然無法預測，但我們要盡力而為。」

聽著他的慰勉，我的淚水奪眶而出。

然後我的雙腳用力踩踏地面。

「嵯峨也經常說同樣的話。不過，之前我一直不懂他到底想說什麼。現在，我頭一次真正理解了。我理解過去就是過去。並非單只是在過去上面有現在，是更立體的……就像飛鳥俯瞰下方的那種感受。」

我說。

其實，聽到那些話時，就像居高臨下眺望美麗的地圖，小時候的我與嵯峨經歷的種種場面倏然在眼前展開。起初只有兩人，所以那是渺小冷清的故事，雖然平淡，卻是只屬於我倆的故事。

用不著與別人相比，包括我們的父母在內。

宛如老鷹倏然飛落又衝上青天俯瞰地面，我俯視我們，然後心情又游移至高處。

「老師，謝謝您。」

「可別小看學校老師喔。」

末長教授笑道。

「因為老師一直在思考，思考就是我的工作。唯有傳達給年輕人，才是讓自己的想法派上用場的唯一方法。」

不只是言詞。

教授的整體姿態、聲調、研究室瀰漫的午後日光，似乎全部都在對我訴說。他們訴說著，我並沒有錯，但是偶爾稍微換個角度看事情，放鬆一點也無妨。

我甚至覺得，我還無法真心當作故鄉的日本，好像也接納了我。

然後我在睽違多時後切實想起。

我其實還年輕。

我一直背負著我媽他們死去時那個年紀的心情，但那是不對的。不可否認的是，那種舉止的確讓我的生活方式具有奇妙的深度與味道。但我的肉體還年輕。沒必要活得像我媽他們那個年紀。

「妳知道嗎，妳太寂寞了。佐川同學，妳非常寂寞，光靠嵯峨君不夠。妳寂寞得不得了。就是那種無法排遣的心情讓妳渴望有寶寶。」

末長教授直視我的眼睛說。

「這點妳要明白。妳一直沒弄明白。失去自己思念的人們不知有多麼寂寞。他們肯定是很棒的人物吧。肯定是在一起時分分秒秒都不會無聊的人物吧。所以，妳真的很寂寞。

雖然有同樣寂寞的嵯峨君在，但他是男人，想必是以更不一樣的形式懷抱那種寂寞。正因如此妳覺得非常孤單。寂寞並非壞事。完全不是壞事。如果再過幾年，到了我這個年齡或者再大一點，大家失去某人後會更理解妳的心情。在那之前妳繼續寂寞也沒關係。因為那種寂寞，為妳的演技及生活方式帶來美好的陰影。只要活著，總有一天妳會只剩下滿心感謝，感謝上天讓妳能夠與那麼出色的人們共度，得到那段快樂得不得了的稀有體驗。」

這樣啊，原來如此，我暗想。如遭當頭棒喝恍然大悟。是的，就算有嵯峨，我還是寂寞徬徨得幾乎發狂。一直是。

那晚，我又做了那個夢。

夢境的開始一如往常很可怕，我始終無法阻止從卡其納岩繼續前進的那群人。隨著邁步前行，漸漸有烏雲凝重低垂。

啊，老樣子又出現了，我很絕望。

我心急如焚，大聲吶喊，眼前發黑，像每次一樣痛苦掙扎地翻滾，拚命追趕他們。

在痛苦中，那美麗的白花和帶來悅耳振翅聲的大批可愛蜜蜂都無法再視為美景映入眼簾。而且我隱約已經知道。大家早已死亡，就算我哭泣焦急也無法挽回。

乾涸的河川，灰色烏雲密布的天空，徒然映現絕望。

不知不覺我恢復人類的外型，降落地面。

我看著手，我的手是透明的。

我像幽靈一樣透明。可我的確感到大地的觸感。也看不見腳，不知道自己穿著什麼樣的衣服。

但我做到我想表現的行為。我雙手摀著臉，哭泣蹲下。唯有眼淚是真的，我的眼淚滴滴答答如雨水濕潤乾涸的褐色大地。那不是血，是透明的眼淚。唯有被淚水打濕的地方，泥土變得更鮮紅，讓我感到，我在這裡，我的確在。

停止哭泣時，世界好安靜。

白雲飄過晴空。

原本乾涸的河川蓄滿了水。水勢洶湧流過，如魔法滋潤枯草與泥土。

我驚愕地發呆，就這樣沿著河邊走去。

彷彿大夢初醒的人，始終有點恍惚。

水聲柔和地在空間響起，陡峭的峽谷好似也籠罩更多的日光。

我邊走邊想：真不想抵達目的地。我覺得根本不必抵達屍體所在之處——那個為時已晚的場所。

更接近懸崖了，自己好像變得更渺小。

我戰戰兢兢，爬上最後一段坡路。

然後我愣住了。

我沒看見其他人，眼前只有高松先生和嵯峨媽媽，還有我媽。

我媽正赤腳跳舞。現場沒有任何播放音樂的器材，但我能聽見她在跳的曲子。不知名的弦樂器，擁有不可思議的優美音色。

高松先生和嵯峨媽媽的模樣一如往昔，躺在鋪設漂亮塑膠布的地面上，邊喝葡萄酒邊吃乳酪，不時交談。

我目瞪口呆，走近三人。

三人一齊發現透明的我，抬起頭。

「啊呀，真子。」

「怎麼了？真子，妳幹嘛那種表情？」

高松先生和嵯峨媽媽說。

我媽倏然停止舞蹈，看著我。

年輕時的媽媽很美。那赤裸的雙腳，沒有死。從長裙底下露出的腳趾甲是粉紅色，血管是乾淨的藍色。她踩著大地，筆直挺立。

「嵯峨呢？」

媽媽看著我說，緩緩展顏一笑。

我跑過去，問三人：「你們看得見我？」

三人異口同聲說：「妳在說什麼傻話？看得見呀，當然看得見。」

然後像摸小孩一樣摸我的頭和肩膀。

我摟住媽媽的脖子。媽媽的脖子有香香甜甜的氣息。

我哇哇大哭，媽媽緊擁住我。
另外兩人一直拚命撫摸我的背部和腦袋，像要替我驅除惡靈，反覆強調：
「那只是做噩夢啦，一切的一切都只是噩夢。已經沒事了，妳放心。」
「我好想你們，好想你們。」
明知這是雞同鴨講，我的嘴巴還是只能冒出這句話。我沒說謝謝，沒說我恨你們，也沒說我好痛苦，我只是一直這麼訴說著痛哭。

睜開眼時，黑暗中有兩顆鑽石發光。是嵯峨的眼睛。
「妳剛剛做了不一樣的夢吧？」
嵯峨說。
「妳改變了夢吧？」
「你怎麼知道？」
我說。一邊還不停流淚。

「我當然知道，憑感覺就知道。」
他沒有說「夢改變了吧」。那正是嵯峨厲害之處。我滿心迷戀，凝視嵯峨。緊張得幾乎心跳停止。
嵯峨擁抱我，溫柔地搖晃。就像夢中出現的那些人對我所做的。
「我媽死亡時躺的房子地板，還有你媽媽及高松先生過世的病房，我們都去打聲招呼吧。對他們說，讓你們承受那種事很抱歉。」
我依舊瞪大雙眼說。為了不讓夢的尾巴溜走，為了不忘記大家的體溫與氣息。
「就這麼辦吧。我會存更多錢。」
「不用啦，我已經存錢了。」
嵯峨說。
「我們已經可以去波頓峽谷了嗎？」
我問。
「或許沒必要去峽谷了。去了再考慮吧。我們是自由的，而且……還很年輕。」

「不知道能不能懷個蜜月寶寶。」

我說著微笑。

「這算是蜜月嗎？」

嵯峨笑了。

「這是我們有生以來，第一次只為了我們自己的樂趣去旅行耶。跟蜜月差不多了啦。」

我說。

說著，再次湧出驚人的淚水。

「上次也提過，我們兩個只為自己的樂趣而做的事情，好像只有喝紅茶吧？那樣太奇怪了。」

然後我醒悟。附在我身上讓我中邪的，不是波因頓峽谷的那些惡靈，也不是我媽他們的靈魂。

是那天目睹的，過世的媽媽的腳。

只看到腳，更增強了無力感。

當時未能衝進屋內看到媽媽的遺容，讓我一直被困在孩提時代。

連接活著的媽媽與死掉的媽媽的，只有那雙腳，所以我沒有區分清楚。

我知道如果這麼說，嵯峨一定會鉅細靡遺訴說他親眼看見嵯峨媽媽上吊的經過，所以我一直保持緘默。

沒有告訴嵯峨的事越多，對嵯峨的愛好像也隨之更深。就像滴滴答答的涓滴清水裝滿水瓶。

想必也有這種愛吧，因為只有那種生存方式，所以我想接受。

定睛望著嵯峨有一天想必也會那樣橫臥於地板或大地的雙腿那種奇妙的白皙與腿毛，我暗想。

男人的身體，到處都硬梆梆且毛髮茂密，是另一種生物的腿。

我一直看著，今後也想繼續看。

我抬起嵯峨的腳踝，把臉埋在他的小腿上。彷彿要跪倒在心愛的事物前，輕輕把臉貼上去，將腦袋倚著那溫暖及骨頭硬梆梆的觸感，我獻上輕輕一吻。骨頭、血管、毛囊都是活的。不屬於我，或許有一天無法再碰觸。有一天也會那樣完全死去吧。但現在那些明確地活著，容許我的碰觸，是溫熱的。

太好了，我想。

此時此刻就是我確實擁有的。誰也無法奪走。

正式演出的日子，毫不戲劇化地平淡來臨。

慶典的氣氛籠罩校園，一眨眼就到演出時間。

做美術布景的人們臉上也閃過緊張。燈光和音效委託專業人員負責，他們也參與了詳細的彩排。看著那些我有點緊張，但那只在一瞬間。

環視整個大禮堂，舞台就像破浪前進的船隻。

我覺得，自己就站在船頭。彷彿船頭的美人魚守護神雕像，我鎮定下來做個深呼吸，那感染了工作人員與其他演員，形成一陣風。

這種心情我從小習慣稱為「豪情」。日常中偶爾也會出現。所有的人事物都可以在一瞬間均等地看清楚，時間似乎就此靜止。經過練習後，我隨時可以產生那種豪情。在舞台上，這種轉換尤其重要。這麼做就可以接觸到上方更壯闊的豪情。接觸那個，用我的表演與聲音分享給周遭的人非常重要。

我就像再次自天空俯瞰，染上這舞台整體的色調。

從那裡，如行雲流水般，一眨眼已開始前進。

驀然回神，我正大聲朗讀最後一首詩。

同時用力拉著美紗子的手。

這麼大膽的行為，在舞台上就像自有條理似地可以做得理直氣壯。另一個自己正在看著那個我。

舞台布景是沙漠和小屋，及群山。布幕上畫著彷彿真的身在戶外的藍天。大家的心血結晶看起來美極了。

美紗子的姿態一樣沒有絲毫陰霾。

我信任美紗子，這麼想時，美紗子彷彿感應到我的心聲，仰望我嫣然一笑。美麗的眼眸，美麗的彎彎秀眉。

觀眾席一片漆黑，但是站在耀眼聚光燈下的我，眼前充滿許多人的動靜。

我再次感到，自己真的很喜歡站在這裡。

迄今雖然只有十次正式演出的經驗，但我可以感到排練時不斷向內在探究的心靈，在正式演出時面對觀眾突然打開。就像面對沙漠、天空或海洋，就像正與廣漠的宇宙面對面。

我渺小的身體與細微的聲音，不知為何變得巨大，我得以超越時空向神明、舞台上的同仁及觀眾席的眾人，以及那些已過世的我深愛的人，向那一切，一口氣將我的悲傷、溫柔、痛苦，還有最重要的感謝一一描繪傳達。透過迥異於祈禱的方式。

因為不是單一個體，所以可以傳達更巨大的信念，可以畫出更巨大的彩虹。

在祕魯的納斯卡荒原畫出神祕巨畫的人們，當時肯定也是這種心情。

神喜歡毀滅世界
喜歡　喜歡　喜歡啊　哎——　神啊

群鳥發現時　開始鳴唱　開始鳴唱
當神聽見鳥鳴　心生哀憐
將世界再次恢復原狀
將世界再次恢復原狀

唉——　做不到啊　無法毀滅世界　因為有群鳥

末長教授定睛凝視我。身旁是他美麗的妻子與圓滾滾的寶寶。寶寶的眼睛漆黑透明。

嵯峨也在。我總是能夠一眼就發現他。

嵯峨有點羞赧地看著我。但他的眼中具有一切。映現其中的是我，我想。

不，不對。

那個答案倏然降臨。

映在我眼中的全部，肯定也是我的一部分。

死去的也是我，倖存的也是我。

正在演出的，也是我。

舞台上的強光讓我看不清楚觀眾席，但是隨著觀眾席在最後的音樂中漸漸大放光明，我充滿那樣的確信。

「妳簡直像換了一個人，令我有點心疼。」

在舞台後方走廊等待的嵯峨，遞給我一小束滿天星，如此說道。

我認為這是無上讚美。我帶著大濃妝，報以微笑。

「我現在要去換衣服卸妝，和大家一起開檢討會。大概晚上十點左右回家，我們在家裡碰面好嗎？」

嵯峨點頭。

嵯峨緩緩點頭時，脖子的角度總是讓我迷戀。

我定睛看著他的脖子，嵯峨與我相視。

「這下子演出結束，我們可以去旅行了。」

我說。

「我今天遞出請假單。」

嵯峨說。

「終於可以去了。明天起正式開始辦手續吧。」

我說。

嵯峨默默碰觸我的手背。我用雙手包覆嵯峨的手。祈求他在晚上碰面之前平安無事，祈求他不會受寒，祈求他不會徬徨。

一如小時候那樣誠心誠意祈禱。

我們的手，在不遠的將來，肯定也會這樣帶著同樣的念頭碰觸我倆創造的另一個人吧。但是，就算那個願望無法實現，我們的的確確在這裡。

美紗子走進充當後台休息室的教室換衣服之前，緊緊擁抱我。

我深深感到，就在今天，美紗子扮演我妹妹的時光也結束了。

這種惆悵還好。因為可以安心地惆悵。

站在夕陽照射的窗口，我很幸福。

我覺得，彷彿聽到一個聲音說：妳可以幸福沒關係喔。

抬頭一望，老鷹高高翱翔天際。

啊，是嵯峨媽媽。

我默想，謝謝妳連我都特地來看望。

幸福是什麼，我還不太明白。

不過，我和嵯峨肯定會繼續尋找那個。

「真子，我先去『花輪』囉。」

美紗子說。那是替這間學校的學生供應廉價美食的居酒屋。檢討會就在那裡舉行，但這次表演幾乎一切順利，大家都知道應該只是慶功宴，所以美工人員也滿臉喜色一邊對我和眾人吆喝「辛苦了」一邊錯身而過。

換好衣服，我沿著冷颼颼的林蔭大道趕往「花輪」。

我仰望群樹，心裡在想。

自從來到這個城市，松樹一直看著我。看著為了沒有父母、嵯峨鬧彆扭、寶寶遲遲不肯降臨這些事情自卑彆扭縮成一團的我，松樹只是一逕帶著芳香的葉子與果實，沒有任何期待也沒有批判地看著我。

「松樹啊，我稍微有一點清醒了。或許只是我自己鑽牛角尖還在噩夢中走不出來，但在這個城市定居後我有點改變了。希望有一天我也能像你們一樣。」

我小聲說。

群樹溫柔地隨秋風搖擺，俯視渺小的我。

我發現老鷹依然翱翔高空。

明知大家在等我，我還是駐足定睛凝視。

嵯峨媽媽……對著那懷念的面貌，我半帶哭泣地朝她發話。

之後的發展就像一場白日夢，只有想像盤旋前進。是真實發生過，抑或只是驚鴻一瞥的幻影，我並不確定。

我與嵯峨媽媽並肩坐在某個祥和安靜的場所，如此開口。

「很久以前我就想問，嵯峨為什麼叫做嵯峨？那兩個字很艱澀，而且比較像姓氏不像名字。」

我如此發話的心中之聲，是兒時高亢尖細的童音。

我聽見聲音。接著是影像。那是嵯峨媽媽溫柔的眉毛，黑白分明的靈動雙眼，靈巧搓揉麵包的粗糙指尖。略尖的鼻子剪影顯得側臉特別可愛。

「那個名字啊，取自我青春時代超愛的漫畫。漫畫叫什麼我已經忘了。是泉子這個奇妙女性為主角的漫畫。以前我經常躲在學校頂樓一邊仰望天空，一邊看那本漫畫。我也有過那樣的時候喔。在那本漫畫中，真子妳知道嗎，有活了很久很久的神奇一族，還有年僅十一歲便擁有無窮能量，有著丹鳳眼的奇妙男孩子喔。他對自己的力量不知所措，只是不斷走過世界各地的美景中。他的眼神凌厲，從不依賴任何人。然後他和一個比他大很多歲的黑髮女性談了一場美妙的戀愛。那個男孩子，名字就叫做嵯峨。我就是從那裡取的名字。我希望將來我兒子也像他一樣，成為一個什麼都不說也能完成自己的事，沉默、聰穎、帥氣的孩子。當時還沒想過要有孩子的我，只是決定如果有了兒子就叫這個名字。也真的這麼做了。當那個心願實現時，我有種不可思議的感覺。而且啊，非常幸福喔。」

嵯峨媽媽說完看著我，莞爾一笑。

這時我倏然驚醒。

我依然站在林蔭大道仰望松樹，四下無人。空氣隱隱已有夜晚的氣息。老鷹也不知飛向何方不見蹤影。

現在就去參加表演的慶功宴，和共享美好時光的人們一起喝酒吧。入夜後，我將會回到住處。

等嵯峨來了就問他。說不定嵯峨肚子餓了，那我就煮奈良麵線給他吃，趁機問問他的名字由來。

肯定不會錯，剛才得到的訊息一定是真的，我如此感到。所有的訊息都在這裡，只要我能夠察覺。

我想一一去發現，好好發揮自己的能力——最好還能和新的家族一起。懷著徹底脫胎換骨的心情，我急忙趕去與正在等我的人們會合。

「這種麵線，真好吃。」

嵯峨說。

快要深夜一點了，嵯峨讚美我迅速煮出的麵線。

只吃清湯麵線未免太可憐，所以我放了蔥和蛋。湯頭是用袋裝的天然高湯包，表面只撒了一點辣椒粉和柴魚粉，非常簡陋。

嵯峨似乎真心覺得好吃，一眨眼就吃光了。

基本上他絕對不會受到旁人的狀態影響，我甚至認為他很適合做治療師。但是面對演出前夕變得有點神經質的我，他大概還是感受到一點壓力吧。此刻他看起來如釋重負。與嵯峨那種表情面對面，我知道自己的臉孔八成也放鬆了。就像照鏡子。

「太好了。」

難得喝了一點日本酒，我的臉還在發熱。

不過，末長教授請大家喝的那種昂貴清酒非常好喝。如果肚子裡有寶寶就不能喝了，幸好這個月沒懷孕，這麼想的我變得心態積極樂觀。

「真子，妳的廚藝偷偷進步了。」

嵯峨說。

「這種隨便煮的麵線哪值得誇獎……倒是正式的料理，還算懂一點啦。因為家中的大人都在餐飲業工作，又注重生機飲食。那樣子，舌頭自然也被養刁了，調味及程序也會記住。而且我還經常幫媽媽打下手。」

我說。

「我是專門幫我媽做麵包。她說揉麵團要用力氣，每次都使喚我。」

嵯峨說。

「果然沒有白鍛鍊，那個力氣，現在你也派上用場了。」

我說。

一如在聖多娜偶爾大手筆揮霍時總是去「艾洛特咖啡屋」，偶爾去舊金山長途兜風時，他們會去「帕尼斯之家（Chez Panisse）」或「史庫爾」這種知名餐廳。而且參考吃到的菜色，用自家菜園的蔬菜做成簡樸美味的餐點。其中總有嵯峨媽媽烘烤的各種美味麵包。記得她好像還提過，等到哪天我們買了土地，就在院子蓋個磚窯專門烤麵包。

對了，只是不巧病倒，他們其實也有很多想做的事情與夢想——一如每次想到這點的時候，我霍然一驚。

因為最後感覺太悲慘，不免就忘了那個。

如果大家都還活著，他們肯定會形影不離互相幫助地過日子。我與嵯峨會把那裡當成老家，不會這樣與過去一刀兩斷地成為大人，而是慢慢地從容長大……。

我再次想像那樣的可能性，太過和諧與平凡、快樂的氣氛，令我落淚。

「那種料理叫做什麼？就是以蔬菜為主的加州風格……在日本，平時經常吃那種東西的人想必不多，如果開一家那種餐廳搞不好會大受歡迎。」

嵯峨說。

「如果開在東京肯定很累，我想在這種比較外圍的都市郊區開店。房租也便宜，到時候還可以供應你做的麵包。」

我說。

「對喔，搞不好我們兩個還真有可能開店。順便在店後面開闢菜園。」

嵯峨說。

「這樣種田的夢想也能實現了。不過，開這種店賺不到什麼錢，所以最好採取預約制或一週只營業三天。還得做一個你媽媽理想中的麵包窯。」

我說。

「等我們到了真正算是大人的年紀，就算現在的日本不景氣，或許也能在不久的將來實現。」

嵯峨說。

「首先必須先去聖多娜。必須用現在的眼睛直視許多事情。」

我微笑。

窗外的黑暗定定注視我們。峽谷的污濁瘴氣，也像霧靄一樣依然緊隨我們。想必一輩子都不可能完全清除。但被我瘋狂繁殖的香草植物在這逐漸寒冷的季節依然長勢猛烈。彷彿要在黑暗中保護我，綠意燦爛發光。室內的植物們也靜靜喧囂著發出同樣的光芒。

「嗯，但將來的事也很難說。等妳下次參與校外演出，說不定會掀起話題，一舉成為知名的女演員。今天的舞台演出太精采了，我好像還在夢中。我甚至懷疑那真的是妳嗎？該不會是別人吧？」

「怎麼可能不是我。」

我笑了。

「不過，如果真的變成知名演員那就表演到妳厭倦為止，最後退休再開個小店就行了。反正那樣應該也可以存到不少錢。」

嵯峨說著也被我帶著笑了。

「但是這樣妳會和那位教授變得更親密，說實在的我超不爽。」

「人家明明是那麼努力創作誠實的戲劇，這點你一點也沒變耶。今天也是，你跟人家連個招呼都不打，害我丟臉死了。」

我哭笑不得說。然後猛然一驚，脫口又說：

「不過我們好像是第一次這麼正式討論未來。向來都是只顧著談過去。很少提到只屬於我倆的話題。啊，對了，寶寶算是未來的話題，所以有提那個就夠了嗎？」

「不，不對。」

嵯峨目光晦暗說。

「之前妳提到寶寶，每次都是在講過去。是為了找回過去而訴說。」

「你早就知道了？」

我說。

和末長教授一樣，嵯峨也清楚看穿我心中晦暗的部分。然而，就算我費盡唇舌告訴嵯峨末長教授送給我們多麼美好的贈言，他恐怕也只會生氣，因此我緘默不語。

「儘管如此，你還是替我著想，認為有個寶寶不錯？」

嵯峨點頭。

「就算起初只是依靠過去的殘影產生的念頭，但我想，活著的人事物不管怎樣都會帶我們走向未來。不，嚴格說來甚至不是未來，是此時此刻，活在當下。活著的全都如此。包括麵包酵母，包括植物。不巧那時我們沒時間，沒有和動物一起生活的習慣，但我想就算是鳥或動物，只要活著想必都會散發出那種力量。我們肯定會受到那個影響。寶寶應該也會不斷把我們帶回此刻當下吧。所以我才會認為有個寶寶也不錯。」

「嗯。」

我點頭。

嵯峨不知不覺已不再是那個只顧著追逐媽媽的身影，神色悲傷的嵯峨了。成年人的臉孔，與未來變成嵯峨大叔、嵯峨老爺爺時的臉孔逐漸重疊。

就像是東西發酵改變了外型，過去種種慢慢轉變成另一種不同的生命。同樣的成員，同樣的悲傷。然而，並沒有腐敗，只是嗶嗶剝剝發出生命躍動的聲音變質為截然不同的東西就此脫胎換骨。深夜的狹小房間內，我倚靠床墊，在或濃或淡的美麗綠色植物朦朧環繞下，深深感到自己的確看見了那個變化的瞬間。

後記與謝辭

幾年前，我決定寫一對年輕情侶的故事，他們熟知七〇年代及美國鄉村的生活，昔日經歷了巨大創傷，只能彼此緊抓著對方活下去。我總覺得是他們頻頻對我訴說叫我寫出來。心中的一幕場景，是搖滾樂手科特·柯本過世時，只能看見他那雙腳的可悲照片。

起初我想將夏斯塔附近設定為故事舞台，興致勃勃去夏斯塔、舊金山，及柏克萊取材，但就是覺得怪怪的。所以這個故事中的美國究竟是何處我自己都搞不清了。

就在那時候，我發現新井亞樹小姐的漫畫《啾啾加奈子》、《ヒネヤ2の8》，作品之精彩令我頗為震撼，深受激勵，決定自己也要寫出那個時代獨特的自由氛圍。新井亞樹小姐，荏本朋先生，有機會與你們對話，非常感謝。

將本書主角設定為正在演舞台劇，一方面是受到當時我姊姊加入話劇社的影響，和村上春樹先生翻譯的《法蘭妮與卓依》似也不無關係。志村貴子小姐的名作《青花》（或譯為《藍花》）也是描寫女校的舞台劇故事。對了，還有《花子與安妮》也是！學生時代擔任戲劇主角（不是職業的）這件事好像擁有某種像魔法一樣特別的東西。

前年冬天，我去觀賞飴屋法水先生在國東半島演出的《入口出口》這齣作品後，印象非常深刻。由人類來表達大地想說的話予以安魂的演出手法也讓我很感動。負責音樂創作的是青葉市子小姐，今年冬天我初次見到她。佇立在老教堂中的青葉小姐帶著口罩非常嬌小，宛如精靈。她那張專輯《0》也帶給我許多靈感。

作為夏斯塔之外的候補，聖多娜被我認定是「療癒之地」，但實際造訪後，意外發現竟是感覺很血腥的場所。我也不知為何會那樣感覺。

在亞利桑那州透明的天空下，臨時起意聆聽青葉市子小姐優美的嗓音與吉他演奏的〈倖存者●我們〉，居然和我想像中的故事不謀而合。

簡直像是聽了這首曲子後創作出來的故事嘛！若有人這麼批評我甚至無話可說，因為我心中的情侶的確和這首歌一樣。出現「峽谷」還有「倖存者」雖然純屬巧合，但這種巧合發生的機率實在太低，不相信這純屬巧合毋寧才是正常反應。

而且當時，看著聖多娜不祥的天空飛過的群鳥，我的確感同身受，覺得自己就是那兩個被親人遺棄在這世間的孩子。

如果嵯峨將來獨自去旅行，肯定只會在旅行袋塞進三天的換洗衣物與真子的照片。嵯峨一直令真子輾轉反側。然而，真子大概會一直吃醋，優柔寡斷地胡思亂想吧。今後每次聽這首歌我肯定都會想起這對情侶，同時也祈求他們能夠得到幸福。

所以，文中出現的人物包括配角在內，我認為都是「群鳥」，於是取了這個簡單的書名。

這本小說，大概算是我從昭和時代的偏執歐巴桑移行至平成時代的偏執歐巴桑的過程中，親身見聞「對於日本生病走上末路的現象，細水長流地持續表現抗拒」的各式作品後，對於所有創作者的「聲援以及評論」。

謝謝從開始就一路相伴的責任編輯谷口愛小姐。我與谷口小姐的巧合太多，我確信這個作品注定與她合作才能誕生。途中我也曾考慮過提出別的小說，但谷口小姐堅持這本小說更好。

謝謝素來英姿颯爽強力支持我的藝文雜誌《すばる》的羽喰涼子小姐。人如其名，非常清爽美麗，她的笑容帶給我很大的鼓勵。

謝謝負責裝幀設計的大島依提亞先生。他的作品就像夢中看到的那種鑲嵌在美麗畫框中的畫作。

謝謝負責繪畫的MARUU小姐。當我鬱鬱寡歡時總會看她的漫畫或畫作或閱讀她的部落格。我打從心底仰慕她的才華，所以能夠合作非常幸福。

也謝謝陪我去旅行取材的井野愛實小姐及我的家人。雖是那麼血腥的土地，但我們一直在享受美食（當然也去了文中的「艾洛特咖啡屋」及「橡木溪印地安咖啡屋」還有「史庫爾」餐廳），沿途充滿歡笑。

也謝謝協助我出版本書的吉本芭娜娜事務所的各位。

還有，謝謝讓我採訪亞利桑那州種種的近藤忍（「亞利桑那銀月」工作室）及Hiro・M・Morales。你們充滿直覺力的言詞帶給我莫大自信。

文中所有詩句皆出自《瓊塔爾之詩——墨西哥・印地安古謠》（荻田政之助、高野太郎編譯，誠文堂新光社出版）。很久以前為了阿根廷取材之旅造訪已故高野太郎先生的店「六本木Candelaria」也是令人懷念的回憶。我希望自己身為作家也能夠寫出像這些詩句一樣有力的文字。還有，這本書不知是蘊藏瓊塔爾人的信念，還是收集詩歌的荻田先生的熱情，或是高野先生遺留的強烈心願，總之具有不可思議的生命，在我的人生中一再出現。對於書本這樣確實存在的生命，我希望繼續珍惜地延續下去。

寫於二〇一四年夏末

吉本芭娜娜

藍小說 838

群鳥

作　者—吉本芭娜娜
譯　者—劉子倩
主　編—嘉世強
編　輯—張瑋庭
企劃經理—何靜婷
封面設計—白日設計
內頁排版—極翔企業有限公司

發 行 人—趙政岷
出 版 者—時報文化出版企業股份有限公司
10803台北市和平西路三段二四〇號三樓
發行專線—(〇二)二三〇六—六八四二
讀者服務專線—〇八〇〇—二三一—七〇五
(〇二)二三〇四—七一〇三
讀者服務傳真—(〇二)二三〇四—六八五八
郵撥—一九三四四七二四時報文化出版公司
信箱—台北郵政七九～九九信箱

時報悅讀網—http://www.readingtimes.com.tw
電子郵件信箱—liter@ readingtimes.com.tw
法律顧問—理律法律事務所　陳長文律師、李念祖律師
印　刷—盈昌印刷有限公司
初版一刷—二〇一八年九月二十一日
定　價—新台幣二八〇元
(缺頁或破損的書，請寄回更換)

時報文化出版公司成立於一九七五年，
並於一九九九年股票上櫃公開發行，於二〇〇八年脫離中時集團非屬旺中，
以「尊重智慧與創意的文化事業」為信念。

群鳥 / 吉本芭娜娜著；劉子倩譯 . – 初版 . – 臺北市：時報文化，
2018.9
面；　公分 . –（藍小說；838）
譯自：鳥たち
ISBN 978-957-13-7525-0

861.57　　107014350

ISBN 978-957-13-7525-0
Printed in Taiwan